人生弦外有余音

李国文 著

天津出版传媒集团

天津人民出版社

图书在版编目（CIP）数据

人生弦外有余音 / 李国文著 . -- 天津 ：天津人民
出版社，2018.11
ISBN 978-7-201-13936-4

Ⅰ．①人… Ⅱ．①李… Ⅲ．①散文集－中国－当代
Ⅳ．① I267

中国版本图书馆 CIP 数据核字（2018）第 190764 号

人生弦外有余音
RENSHENG XIANWAI YOU YUYIN

李国文 著

出　　版	天津人民出版社	
出 版 人	黄　沛	
出　　址	天津市和平区西康路 35 号康岳大厦	
邮政编码	300051	
邮购电话	（022）23332469	
网　　址	http://www.tjrmcbs.com	
电子邮箱	tjrmcbs@126.com	

责任编辑　　王昊静
策划编辑　　村　上　　张芳芳
装帧设计　　刘红刚

印　　刷	大厂回族自治县彩虹印刷有限公司		
经　　销	新华书店		
开　　本	880×1230 毫米	1/32	
印　　张	7.5		
字　　数	150 千字		
版次印次	2018 年 11 月第 1 版	2018 年 11 月第 1 次印刷	
定　　价	42.00 元		

目录

辑一　文人风流

孔夫子陈州绝粮

公元前489年，孔子在陈州绝粮。

与他一起被围而饿肚子的，还有他的学生，颜渊、闵子骞、冉伯牛、仲弓、宰予、子贡、冉有、季路、子游、子夏，共十人，也称孔门十哲。

在《论语》中，关于这件事，有三十三个字的简略记载。"在陈绝粮，从者病，莫能兴。子路愠见曰：'君子亦有穷乎？'子曰：'君子固穷，小人穷斯滥矣。'"孔子的意思是：君子陷于困境之中，穷而弥坚，不失志节；而小人到了穷途末路之时，就无所顾忌，什么事情都会做得出来。在陈州的明代古碑《厄台碑》上，将孔子陈州绝粮与"天地厄于晦冥，日月厄于薄蚀……帝舜厄于历山，大禹厄于洪水，成汤厄于夏台，文王厄于羑里"相提并论。由此可证，百炼成钢，不淬火无以锋利坚硬，剖璞为玉，不雕琢很难晶莹剔透。古往今来的先贤绝圣、达者通儒、巨匠国手、仁人志士，无不要经历艰苦卓绝的磨炼，无不要受到生死存亡的考验，才能达到凤凰涅槃、浴火重生的蜕变。发生在孔子和他门徒身上的这次磨难，也就是所谓的"厄"，对于他们思想境界的提高、精神品质的升华、人生视野的开阔、学问阅历的增长，不但起到飞跃的推动作用，而且，对其一生，都有着很大的影响。

孔夫子一生不算走运，落魄的时候，甚至被人嘲笑为"丧家之狗"。不过，他的志向，他的追求，堪称伟大。其目标是要在广泛和普遍的范围内，贯彻其治国平天下的儒家思想。一般来讲，伟大之所以伟大，就是因为其理想难以实现。如果一蹴即就，顷刻间神鬼附体，顿成不朽，如果阿猫阿狗，忽然间人五人六，领袖群伦，如同时下那些一脱而红的过气明星，一炒而火的钻营作家，一抄而名的无聊学者，一炮而响的讲坛才子，像二踢脚那样制造轰动效应以后，随即销声匿迹，也就谈不上什么伟大了。有生之年的孔子，一直为这个理想世界奔走，然而，一、其命不济；二、其时不应；三、小人太多；四、到处碰壁。古往今来，所有应该伟大而没有伟大的人，都因为这四大不顺而埋没一生。孔夫子更惨，差一点饿死在陈州。

孟子说过，孔子乃"圣之时者也"，这话是有一定道理的。"圣之时者也"这句话，二十世纪三十年代被鲁迅翻成"摩登圣人"，不过，他也认为："孔夫子的做定了'摩登圣人'是死了以后的事，活着的时候却是颇吃苦头的。"

"颇吃苦头的"孔丘，生于公元前551年，逝于公元前479年，鲁昌平乡陬邑（今山东曲阜东南）人。父早死，寡母持家，艰辛度日。做过委吏（主管会计）和乘田（看管牛羊），相当于区乡干部，待遇一般，勉强糊口。直到鲁定公十年（前500）才出现转机，因为在中都宰（熬到区长一级）很卖力气，擢任小司寇，随后就发达了，也许是大器晚成吧，竟然做到鲁国的大司寇，这年他五十二岁。鲁定公十一年（前499），"由大司寇行摄相事"。相，乃主宰一国之总理，圣人的仕途达到最高峰，没想到"面有喜色"的他，还未来得及得意，官运到此戛然止步。不过也好，多少尝到一点成功的味道，能够在发号施令的位置上，得以实践他的理想抱负。这一点很重要，从此，信心十足，只要给他以权力，他就能做到他想做的一切。

《史记·孔子世家》称他在这短暂的辉煌中，也曾大刀阔斧干成几件事，很是了得，很是神气。"诛鲁大夫乱政者少正卯。与闻国政三月，粥羔豚者弗饰贾……途不拾遗，四方之客至乎邑者不求有司，皆予之以归"，可以说一百天左右的新政，是他一生中最为"牛"的日子。鲁定公十三年（前497），鲁国的利益阶层跟他闹翻，他想给特权人物以颜色，没想到对手早就要收拾他。加之齐国挑拨离间其中，美女也来了，骏马也来了。子路一看来势凶猛的糖衣炮弹，便替圣人担忧，劝说他："夫子可以行矣！"不要再恋栈了。孔子说且慢，"鲁今且郊，如致膰乎大夫，则吾犹可以止。"知识分子处事，总是把事情往好处想，结果，当年郊祭，居然连祭祀的祭肉，也未照例送给孔子一份，这实在太不给面了。

要面子的圣人只有离开鲁国，好在有一大帮门生跟随着他，虽然有的中途退出，有的半路参加，但始终坚持下来的铁杆，有十数人，抱着传道的决心，拥有必胜的信念，迈着整齐的步伐，鼓起无比的勇气，开始周游列国。希望能找到接受其政治主张和儒家思想的国度，好继续实现其以仁为本的治国理念。由于走得仓促，也没有进行必要的调查研究，因此撞了好多的锁，尝了好多的闭门羹，好不容易敲开的门，还没转身，人家马上就关上了。再接着走下去，热情开始下降，劲头逐渐衰减，这支队伍的行进速度，日见缓慢。

最最主要的原因，春秋末期，当时的大形势是礼崩乐坏，各自为政，互相倾轧，纲纪不存。诸侯崇信森林法则，不是弱肉强食，就是强衰弱食，怎么想办法食人而不被人食，自己的国不灭而能灭别人的国，是生存的第一要务。孔圣人提倡克己复礼，跟人家南辕北辙，背道而驰，温良恭俭让那一套，嘴上标榜，倒也无妨，真正实行，坐等倒霉。所以，从鲁定公十三年（前497）到鲁哀公十一年（前484），共十四年间，孔子和他的门生，一直马不停蹄地东奔西走，讲道理，做工作，硬是无人搭理，更谈不到赏识。最初出发前的动员会上，何其信心满满，以为一出鲁国国门，鲜花铺路，红毡迎宾，马上就会有人延之为客卿，待之若上宾，提供政治试验田，由着你施展雄才大略，此刻来看，只是一个破灭的梦了。

那时的道路很糟糕，在秦始皇以前，各诸侯国的统治者修长城积极，修路不积极，对行路人来说，那可真是辛苦劳累。鲁迅就考证出来，圣人所以"食不厌精，脍不厌细"就是因为这十四年的行路难，颠簸出来胃下垂的病，才不得不如此讲究，而并非老人家摆什么穷谱。据《史记》，他至少周游了大半个中国，这其中包括卫、陈、匡、蒲、曹、宋、郑、蔡、叶、楚等诸侯国，行程数千里，木屐磨穿不知多少双，牛车坐坏不知多少辆，那都是圣人之所以成为圣人，其让后人肃然起敬的地方。孔子周游列国，自带干粮不说，还得背上铺盖卷。一路上，东碰钉子，西招不是，不是惹非议，就是受辱骂。尽管如此，九死不悔，百折不回，非要找到得以施行其治国理念和仁政思想的下脚之地，师生们就不信，天下这么大，没有明智的君主。但行路之人，有目的地，走一步，少一步，脚底有劲；这支队伍，无目的地，总是走不到终点，精神全无。但师生们不停地走，有一条可以肯定，他们决不回头。夫子这份执着，让人敬重；而他的主要弟子，鞍前马后，追随左右，不离不弃，不开小差，他老人家的这份魅力，就尤其令人钦佩了。

　　不过，我一直妄自判断，孔夫子离开他的发源地鲁国，是最大错。鲁国再不济，经营多年，有关系基础，有故土情谊，有家族信誉，有乡亲支持，这等资源何其可贵？一个人要是丢了根本，以为他的名望、学问、人品、政绩，走到哪儿都能够受人景仰，舍本逐末，大谬而特谬矣！所谓品牌效应，系对熟知的消费群体而言。所谓名人效应，系对特定的环境空间而言，距离根本越远，知名度越低。再加上贸贸然愤而出走，事先准备不足，匆促上路，很难找到一个十分理想的落脚之地。第一，三言两语，说不清楚。第二，远水近火，救不得急。第三，陈、蔡、卫、叶，皆处于大国夹缝中，仰人鼻息都来不及，哪敢接纳孔夫子这样的庞然大物呀！

公元前489年（鲁哀公六年），"吴伐陈。楚救陈，军于城父。闻孔子在陈蔡之间，楚使人聘孔子。"楚，春秋五霸之一，大国礼请，夫子觉得很有面子，弟子们也都扬眉吐气，再次踏上征程。告别的时候，主客双方假惺惺的惜别场面是少不了的。我估计，离去的一方，未免春风得意，露于形色，送行的一方，自然是陈、蔡两国的上层，脸上五官挪位，心底五味杂陈，大不得劲。孔夫子一生犯小人，而陈、蔡这些小诸侯国的小官僚，一个个小屁虫子，比小人还小人。他们很担心这支团队，抵达楚国以后，得到重用，夫子手下，文有颜渊，武有子路，理财有子贡，外交有宰予，这样一个领导班子，掌握实权，绝对不会对陈、蔡持友好态度。他们说："孔子圣贤，其所刺讥皆中诸侯之病，若用于楚，则陈、蔡危矣！"因此，一致决议，不能放虎归山，不能纵龙下海，他们要在楚国得意，我们就得饱受凌辱。这帮虫子商量好久，杀和关，都不是最好办法，只有发动群众，围住他们，困死他们，饿死他们。将来楚国要人的话，唯老百姓是问好了。

陈、蔡两国的卿大夫够卑鄙，躲在幕后当黑手，挑起这场绝粮事件。凡浪荡于江湖、混迹于官场、厮混于市井、裹乱于文坛的中国人，正经本领，通常不大，挑拨离间，无不一等。在他们的教唆煽动下，那些起哄架秧、啸聚好事之辈，那些趁火打劫、泼皮亡命之徒，那些寻衅找碴、无恶不作之流，那些唯恐不乱、心性歹毒之人，也就是孔子所说的"群氓""小人儒"，蜂拥而至，吆五喝六，层层包围，水泄不通；挡住去路，堵住来路，前进不得，后退不成。

若围夫子一个人，三五壮汉足矣，而要围夫子及其弟子，没有三五十人，百儿八十人，恐怕不易奏效。因此，面对其势汹汹的数百愚民，孔子相当镇静，还能够抚琴弄弦，歌之咏之，这也就是"厄于陈、蔡，弦歌不绝"的由来。

陈州，即今周口市淮阳县，县城里至今犹有一座四合院式的古建筑，为该地观光名胜，即夫子临危不惧，临难不苟，体现出万世师表风范的弦歌台。

我是不大相信精神至上主义的，吃饱了可以精神变物质，肚子里没有食，饿得咕咕叫，绝对是一个唯物主义者。所以对夫子又拉又唱，或又弹又唱的弦歌行为，持怀疑态度。第一，绝粮一周，夫子有没有力气弦歌？第二，面对暴徒，夫子有没有勇气弦歌？第三，弟子反感，夫子有没有心气弦歌？都是值得打个问号的。而绝粮事件的最早版本《论语》，那三十三个字中，未见"厄于陈、蔡，弦歌不绝"字样，这本由孔门弟子编纂的典籍，其具有的权威性无可置疑。"弦歌"说，显然，这是后来人的演义了。

孔子陈州绝粮，除《论语》外，还在其他古籍中出现过，如《庄子》中的《让王》《山木》，如《孔子家语》中的《困誓》《困厄》，如《荀子》中的《宥坐》，如《墨子》中的《非儒下》，如《史记》中的《孔子世家》，如《孔丛子》中的《诘墨》，如《吕氏春秋》中的《任数》等等。

庄周（前369—前286）的《让王》就是从孔子的弦歌说起：

孔子穷于陈蔡之间，七日不火食（不加热而食），藜（野菜）羹不糁（连小米粒也没有），颜色甚惫，而弦歌于室。颜回（掌厨）择菜，子路、子贡相与言曰："夫子再逐于鲁，削迹于卫（在卫国受到铲除足迹的侮辱），伐树于宋（在宋国连他休息遮阴的大树也被砍掉），穷于商周，（一系列的倒霉碰壁之后）围于陈蔡，杀夫子者无罪，藉夫子者无禁。（这算是一个什么世界啊？可我们夫子却若无其事地）弦歌鼓琴，未尝绝音，君子之无耻（这两个字可真是说重了，说狠了）也若此乎？"颜回无以应，入告孔子。孔子推琴喟然而叹曰："由与赐，细（见识短浅）人也。召而来，吾语之。"子路、子贡入。子路曰："如此者，可谓穷矣（混到如此穷途末路的地步，先生怎么还有心思弦歌）！"孔子曰："是何言也！君子通于道之谓通，穷于道之谓穷（一个人大方向明确就是通，大方向不明确才是穷）。今丘抱仁义之道以遭乱世之患，其何穷之为！故内省（头脑保持清醒）而不穷于道，临难而不失其德（操守坚定不变），天寒既至，霜雪既降，吾是以知松柏之茂也。陈蔡之隘（隘即厄难），（这种磨炼）于丘其幸乎！"孔子削然（悄然）

反琴而弦歌，（终于明白事理的）子路扢然（用力地）执干（盾牌）而舞。（终于觉悟的）子贡曰："吾不知天之高也，地之下也。"（庄周总结说）古之得道者，穷亦乐，通亦乐，所乐非穷通也。道德于此，则穷通为寒暑风雨之序矣。（庄周是持出世观点的，在他看来，穷和通乃是一种有规律的变化。庄周不赞成持积极入世观点的孔子，把穷、通看得太重。他认为，因为能够适应这种穷通之变化）故许由（古隐士虽穷而）娱于颍阳，而共伯（即共伯和，曾一度被推为西周执政）得志乎共首。

荀况（约前313—前238）的《宥坐》，则继续他们师生间的这个穷和通，达和不遇的话题：

孔子南适楚，厄于陈蔡之间，七日不火食，藜羹不糁（同糁），弟子皆有饥色。子路进问之曰："由（子路自称）闻之，为善者天报之以福，为不善者天报之以祸，今夫子累德积义怀美，行之日久矣，奚（为什么）居（处）之隐（困顿状态）也？"孔子曰："由不识，吾语女（汝）。女以知者为必用邪？王子比干不见剖心乎！女以忠者为必用邪？关龙逢（夏之大臣，因正直而为桀所杀）不见刑乎！女以谏者为必用邪？伍子胥不磔于姑苏东门外乎！夫遇不遇（得不得到重用）者，时（时机）也；贤不肖（能力的大和小）者，材（才能）也；君子博学深谋不遇时者多矣！由是观之，不遇世者众矣，何独

▼○

屈原之死

在中国非正常死亡的文人名单上，排在第一位的就是屈原。

可有史以来，文人能够享受到将其忌辰列为全国性节日，全民为之年年纪念，获此殊荣者，只有屈原。

中国老百姓对于文人的敬重，以此为最，这也说明中国文化传统精神之根深蒂固，之历史久远。也许某一个朝代，某一段岁月，灭绝文化的沙尘暴会刮得乌天黑日，万马俱喑，然而，值得我们为之额手称庆的，中国文化生命力之顽强，世所罕见，史所罕见。即使书焚尽，儒坑尽，即使"四旧"皆除尽，然而，云消雾散，霁天空阔，春风润泽，万物复苏，依旧是朗朗乾坤，文化中华。到了端阳这天，高悬艾叶，遍洒雄黄，龙舟竞渡，米粽飘香。

"屈原者，名平，楚之同姓也。"这是司马迁《史记·屈原列传》的第一句。所谓"楚之同姓"，因为他和楚王一样，原先都姓芈。这个稀见字读 mǐ，字典上的解释为"羊的叫声"和"姓氏"。芈姓，熊氏，后来改为昭、屈、景三姓，为楚国三大族。管理这三姓事务的官，就是三闾大夫。屈原被免掉左徒以后，一直到死，担任着这个类似清朝宗人府的长官。第一，绝对的闲差；第二，绝对的清水衙门。这使出身于贵族门第、担任过政府要职、操作过国家大事的屈原有点郁闷。

文人分两种，一种得意，一种不得意。得意者，怕郁闷；不得意者，也就无所谓郁闷了。屈原相当得意过，所以感到相当郁闷。

其实，"左徒"，不过是谏议国政的高官而已，政府的一个职能部门，但屈原的实际权力还要更大一点，国事、外交一身挑，能起到左右楚怀王的作用。那时，楚国的都城在郢（今湖北荆州），城不大，人不多，前呼后拥的屈原，出现在街头，这个既风流又潇洒、领导时代潮流的明星人物，很引人瞩目。何况他是一个如兰似芷、洁身自好的男子汉呢！连楚怀王都十分欣赏他的风度和气派。

后来，诗人碰上了小人，最大的小人就是这个楚怀王了，不幸也就随之而来，左徒免了，去做三闾大夫，失落是当然的。任何人，再有涵养，再有胸怀，都受不了这突如其来的降职遭遇，比降职更糟的是冷落。昨天还门庭若市，今天就门可罗雀。屈原是诗人，诗人的感情本来要比常人丰富，那澎湃的、洋溢的、泛滥的、汹涌的感情，更是不可抑制，唯其难以忍受这种云泥之分的冷热、天渊之别的跌宕，感到受不了，是可想而知的事，写出不朽之作

《离骚》，抒发满腔悲愤，也是可以理解的。

司马迁说："屈平之作《离骚》，盖自怨生也。"太史公本人也是经历过由沸点到冰点的人生体验，对于碧落黄泉式的命运安排有过极深刻的体会，一个"怨"字，正好说到了点子上。

屈平（约前340—前278），字原。虽然，他在《离骚》中称自己"名余曰正则兮，字余曰灵均"，但是，数千年来，公众习惯称作屈原。他是楚国丹阳（今湖北秭归）人，最早的祖先为有熊氏，从北方迁徙到楚地。《史记》称他"为楚怀王左徒。博闻强志，明于治乱，娴于辞令。入则与王图议国事，以出号令；出则接遇宾客，应对诸侯。王甚任之"。

"王甚任之"的"任"，说明中国文人，像屈原这样在朝当官的，并非他一人。应该看到，三千多年的封建社会里，能够称得上文人者，百分之九十都是在朝的。我们都很熟悉的唐宋八大家，无一不具官员身份。也许所任的官职，可能有大，大如王安石，为当朝参知政事，后又拜相，可能有小，小如苏洵，任文安县主簿职，正科级干部。无论如何，有个官家的差使干干，得到一份吃穿不愁的俸禄，对于文人来说，还是挺有诱惑力的。正因如此，悲剧也就来了，这就注定中国文人无法养成独立生存的能力。

中国古代文人，无论在朝的，在野的，都明白屈原得到"王甚任之"这四个字的斤两。何谓任？第一，责任之任也；第二，任务之任也；第三，信任之任也；第四，也是最能体现这四个字的含金量者，落到实处的任命之任。反之，若多一个"不"字，"王不甚任之"，就意味着老坐冷板凳，受他人排挤。再反之，如果，"王不待见"，甚至憎你恨你，那你就等着吧，好则扫地出门，充军发配，坏则开刀问斩，脑袋搬家。

诗人屈原，正好亲身经历过从"王甚任之"，到"王不甚任之"，到"王不待见"的三阶段，最后，只有一条路可走，那就是投汨罗江了。

楚怀王芈槐，也叫熊槐，是个昏君。中国出过二百多个皇帝，其中一大半属于昏君，熊槐则是其中最自以为是、最乱作主张、最不知深浅、最自取灭亡的一个。昏君的最大特点，都患有一种叫作选择性耳聋的大头病。君子想要陛下听的，他听不进，装疯卖傻，置若罔闻；小人想要陛下听的，他听得进，句句入耳，如闻纶音。这种病的临床症状表现为：只听甜言蜜语，不听直言谠论；只听顺心的话，不听逆耳之言。如果熊槐和他儿子熊横，也就是屈原碰上的楚怀王和楚顷襄王，智商提高一点，头脑清醒一点，屈原在跳江前也许会踯躅一下，楚国还有救吗？楚国还能救吗？一想起他老姐女媭那句绝望的话，本来，听蝲蝲蛄叫唤，你还不种地了呢！可现在，楚国都没有了，老弟啊，你还种个什么啊？于是，走上自沉之路。

战国后期，群雄纷争，七国之中，秦和楚，地盘大，人口多，都是具有相当实力，而且拥有领袖野心的大国。秦国东进，要一统天下，楚国北上，也未尝不想一统天下。

但是，秦为一流强国，楚为二流强国，二流当然赢不过一流。

然而，二流加三流加四流，肯定大于一流。"横则秦帝，纵则楚王"，八个字，乃当时的大形势。屈原的政治主张，说来也很简单，对内变法图强，对外联合抗秦。经他反复奔走，多次说服，终于将齐、燕、赵、韩、魏五国首脑集聚于楚国京城郢都，结成反秦联盟，楚怀王被推为盟主。江陵这个城市，现在也不大，那时就更不大，满街都是来自各国的贵宾和他们的侍卫、随从，因为没有实行普通话这一说，作为这个联盟秘书长的屈原，必须精通各地方言，安排吃住，组织观摩，准备礼品，送往迎来。

春秋战国时期，谁要能够一呼百应，纠合诸侯，歃血为盟，谁就是无上荣光的诸侯共主，最为人企羡。熊槐得到了空前的虚荣，马上觉得堪与祖先楚庄王媲美，高兴得挂不住汁，脸上五官挪位，更加赏识和重用屈原，自不用说，言听计从，百依百顺，弄得他老婆郑袖，好一个吃醋。此时的郢都，最快活、最得意的人，莫过于屈原，文人快活得意的标志，就是不再用功，不再写作，即或提起笔来，也是游戏笔墨。我记不得是否为老托尔斯泰的名言：一个在赌场得意的人，他在情场必然是要失意的。政治上进步，文学上退步，是自古以来文人难以治愈的痼疾。我在文坛厮混这多年，颇见识一些朋友，自从仕途上一路顺风以后，他们的文学人生，也就迅速进入了更年期。也许还会写，都属无用功。这就是《离骚》中所写的"惟草木之零落兮，恐美人之迟暮"，时令不饶人，花期不再来，除非发生奇迹，上帝托梦，才能让他回复文学青春。

当上诸侯共主的楚怀王，遂将国家交给屈原全权处理，入则议国事，出则会诸侯，忙得一塌糊涂，那些日子里，他一句诗也写不出来了，作为博导的他，连学生宋玉、唐勒、景差所交的作业，也抽不出工夫批改。中国的文人在政治上得意的时候，文学就会出现短板。相反，在文学上成功的时候，政治就会失聪，这是中国文人很难两全的弊端，也是我们在文学史上常常读到的案例，文学大成功，政治大失败，因而丢了脑袋，送了性命，屈原就是首例。他在"王甚任之"的时候，作为文人所特有超乎常人的品质，如独到的观察角度，如敏锐的感知反应，如提前的预知能力，如应激的防范措施，统统置诸脑后。他不知道他在替楚怀王发布旨令增强国力时，他的敌人在摩拳擦掌；他不知道他在为抗秦联盟的加紧团结而努力时，他的反对派在磨刀霍霍。这个世界上，有益虫，就有害虫；有家畜，就有野兽；有君子，就有小人；有爱国志士，就有汉奸走狗。通常情况下，地球上生物链的构成，维持在一比一的平衡状态，而在诗人屈原的左右，老天爷好像特别眷顾他，一比三，这就是爱打小报告的上官大夫靳尚，专搞小动作的公子子兰，最贪小便宜的王后郑袖，结成一个反屈原的铁三角联盟。

屈原不聋不瞎，自然了解铁三角在他背后搞的一些名堂，但是，诗人的最大疏忽，是对那个昏君耳朵根子软的选择性耳聋毫不戒备。屈原作为楚国的特命全权大使，游说除秦以外的五国，也是纵横捭阖、得心应手、运筹帷幄、决策千里的高段级谋士，但应对这个充满邪恶的铁三角，却无能为力、乏善可陈。既未采取任何防范措施，也未实施有效反击。顶多感叹两声，"何灵魂之信直兮，人之心不与吾心同"，那可真是一点用都不顶的感慨。

诗人宣泄感情的手段，当然就是作诗，其实到了正面冲突的时候，比诗歌更有力的是拳头。可完美主义者屈原，理想主义者屈原，不是该出手时就出手，而是吟诗作赋，这就注定他难逃失败的命运。他不会妥协认输，不会向黑恶势力低头，这是可以肯定的。但是，他也不会采取以其人之道还治其人之身的办法，进行回击。

在动物世界里，弱肉强食，物竞天择。而在人类社会里，除此之外，更有阴谋暗算、挑拨离间、欺骗诱惑、阿谀奉承等统称为卑鄙的行径。中国知识分子最了不起的品质，就是清高，然而，害了中国知识分子终于做不成大事的，也是这个清高。凡清高者，不能降尊纡贵，不能营私逐利，不能藏污纳垢，不能低级趣味，因之贱不可为，俗不可为，浊不可为，恶不可为……当铁三角一心一意以除掉他为快时，主张孤高、主张洁净、主张纯真、主张正直的他，也只能毫无作为，毫不作为，唯有以诗明志，以诗感言："吾不能变心以从俗兮，固将愁苦而终穷。""苟余心其端直兮，虽僻远之何伤？""世溷浊莫吾知，人心不可谓兮。"对诗人的书生气，真有夫复何言之感。

屈原之所以还能沉得住气，因为他对这个楚怀王抱有信心，"王甚任之"这四个字，给了他勇气和力量。

司马迁在《屈原列传》中记述诗人由"王甚任之"，到"王不甚任之"的过程，只是极其简单的两行字。为什么如此草草，因为他很气愤，靳尚编造谎言，太低级，挑拨手段，太拙劣，而熊槐信之不疑，太离谱，断然处置，太幼稚。大臣混账，国王更混账，太史公大概觉得不值得为这一对混账多费文墨，故而一笔带过。"上官大夫与之同列，争宠而心害其能。怀王使屈原造为宪令，屈平属草稿未定。上官大夫见而欲夺之，屈平不与，因谗之曰：'王使屈平为令，众莫不知，每一令出，平伐其功，曰非我莫能为也。'王怒而疏屈平。"

于是，屈原降为三闾大夫，开始郁闷。

话说回来，郁闷对诗人来讲，并非坏事，不正好是创作冲动的最好契机吗？尤其进了这个坐冷板凳的清水衙门，连创作假也不用请，还不笔走龙蛇、神驰八极，作你的诗赋。然而，屈原却写不出一行字，整日忧心忡忡。连他老姐女媭也劝他，你不要再对他们抱有什么指望了。屈原说，老姐啊老姐，我是觉得楚国快要完蛋了，才坐立不安的呀！其实，那时的楚国离灭亡还远，但诗人先知先觉的神经，已经预感到祸祟将临，灾难即至，似乎危机就在眼前。中国文人也许确如人所形容：百无一用乃书生。其实，最挂牵大地山河的，是文人，最惦记祖国母亲的，是文人。历朝历代，当父老乡亲，陷于水深火热，当同胞兄弟，沦为刀俎鱼肉，站出来投笔从戎、救亡奋斗、为国为民、杀身成仁的文人，不知有几多。在二十世纪四十年代，当日本帝国主义侵略中国时，多少大师、学者，多少名流、教授，多少作家、诗人，乃至多少文学青年，走向延安重庆，奔赴抗日前线。中国文人对于祖国的热爱，对于土地的眷恋，从屈原开始，从来就是历史的主流。

果然，诗人不幸而言中，秦国的谋士张仪，出现在郢都的迎宾馆，楚国从此江河日下，国将不国。

怀王十五年（前314），熊槐再一次出现严重的选择性耳聋，竟然不听谏阻，糊涂到了不可救药的程度，相信张仪的鬼话。"秦甚憎齐，齐与楚从亲，楚诚能绝齐，秦愿献商、於之地六百里。""齐楚联盟"是屈原多年来苦心经营的政治规划，也是常保楚地安泰的国策，秦国之所以千方百计地加以离间，正因为一加一等于二，甚至大于二，令其望而生畏。正因为二比一，强秦不敢轻举妄动。《史记》写道："楚怀王贪而信张仪，遂绝齐，使使如秦受地。张仪诈之曰：'仪与王约六里，不闻六百里。'楚使怒去，归告怀王。怀王怒，大兴师伐秦。"

结果，熊槐被秦国打得灰头土脸，原来被屈原做了工作，成为其盟友的国家，也趁火打劫、落井下石一番。"秦发兵击之，大破楚师于丹、淅，斩首八万，虏楚将屈匄，遂取楚之汉中地。怀王乃悉发国中兵以深入击秦，战于蓝田。魏闻之，袭楚至邓。楚兵惧，自秦归。而齐竟怒不救楚，楚大困。"现在弄不清楚是熊槐觉悟到齐楚联盟的重要性，指派屈原使齐呢？还是心急如焚的屈原说服熊槐，由他出使齐国恢复联盟呢？秦国很在意楚国的这个动向，马上表示，将所侵占的汉中地还给楚国，表示友好。"秦割汉中地与楚以和。楚王曰：'不愿得地，愿得张仪而甘心焉。'张仪闻，乃曰：'以一仪而当汉中地，臣请往如楚。'"张仪，是何许人也？他和苏秦，乃中国历史上最古老的两张名嘴，可以毫不夸大地说，凡战国时期所有大大小小的战争，无不经由这两张嘴的挑拨、调唆、忽悠、撺掇而打得不亦乐乎的。他俩而后，中国再无一张嘴具有如此大的法力，所向披靡，无往不胜。

张仪"如楚，又因厚币用事者臣靳尚，而设诡辩于怀王之宠姬郑袖。怀王竟听郑袖，复释去张仪。是时屈原既疏，不复在位，使于齐，顾反，谏怀王曰：'何不杀张仪？'怀王悔，追张仪不及。"这就是为什么屈原总是输给张仪的缘故了，因为文学家玩政治，哪能玩得过真正的政治家呢？据说，张仪初到郢都，观察到"王甚任之"的屈原，便对郑袖说：南后啊，您真是天下第一、世间无二的美人，然而，您知道吗，齐国通过屈左徒，正准备献给怀王陛下一打或者两打，不一定有您漂亮但一定比您年轻的姑娘，以示两国通好呢！可想而知，熊槐尽管非常赏识屈原，但哪禁得起铁三角的联合攻势。略施小计的张仪，就把诗人摆平了。

怀王二十四年（前305），秦楚签订"黄棘之盟"，本来与齐为盟，转而向秦靠拢，基本国策的改变，屈原当然是要竭力反对的。楚国的有识之士，也认为这是不平等条约，如果说过去的齐楚联盟是兄弟关系，那么现在的秦楚联盟则绝对是主从关系，这不是卖国吗？一时舆论大哗。楚怀王也好，铁三角也好，都觉得将屈原留在郢都，碍手碍脚，于是将他流放到汉北。

在封建社会里，处置异议文人，无非杀、关、管三道。杀，即杀头；关，即坐牢；管，即流放。关是要供给人犯吃喝的，管则是限定在一定区域之内，允许自由行动，吃喝政府不管，是生是死，全看流放者的命大还是福薄了。也许因为流放，从经济角度看，省钱，从管理角度看，省事，所以，中国的清朝，俄国的沙皇，都热衷于将异议文人流放到人烟稀少、荒凉偏僻之地。清朝为乌苏里江，沙皇为西伯利亚，那都是不死也得脱层皮的地狱绝境，文人发配到了那儿，基本上很难活着回来。

屈原比较走运，六年以后，怀王三十年（前299），他从汉北回到郢都。让所有他的朋友、他的敌人惊讶的，他还是他，还是那个毫不顾惜自己的安危，敢于犯颜直谏的诗人，虽然他早就不再是"左徒"，官职让楚怀王免去多年，但一日"左徒"，终身谏诤。第一，他忠君；第二，他爱国。有话不说，有言不发，那不是屈原的性格。大家这才明白，汉北的流放，不是挫折了他，而是锻炼了他。他请求面见熊槐，对这位正兴冲冲要赴秦王"武关之会"的怀王，提出谏阻的意见。秦国乃背信弃义之国，武关乃权谋苟且之会，陛下已经上过当，为什么不接受教训，还要自投罗网呢？《史记》载："怀王欲行，屈平曰：'秦，虎狼之国，不可信，不如毋行。'怀王稚子子兰劝王行：'奈何绝秦欢！'怀王卒行。入武关，秦伏兵绝其后，因留怀王，以求割地。怀王怒，不听。亡走赵，赵不内。复之秦，竟死于秦而归葬。"

"身死而天下笑"，就是这位极糊涂、极白痴、极混账、极愚蠢的昏君下场。

怀王死，其子熊横继位，是为顷襄王。六年（前293），秦将白起扬言讨伐楚国，熊横计穷，无奈，只有向杀父之国告饶。屈原写诗反对再度向秦求和,并表明他尽管受到迫害打击,无论何时,无论何地,眷恋楚国,心系怀王,不忘欲返的忠诚感情,至死不渝。他提醒顷襄王熊横,王考所以落得尸横外国的结果,是由于"其所谓忠者不忠,而所谓贤者不贤也"。楚国的老百姓也认为,如果不是子兰的催促,如果听信屈原的劝阻,怀王不会死在异国他乡,这对令尹子兰构成很大压力。于是,这个坏蛋唆使另一个坏蛋,也就是靳尚,在顷襄王面前谗害屈原,铁三角再次发挥作用,置屈原于死地而不复,更何况熊横与他老子熊槐,可谓一丘之貉,于是,一纸诏令,永远流放,不得再进国门,从此,屈原再也没有回到郢都,他老姐女嬃天天倚门等待,直到泪尽,直到老迈,也未能盼到她弟弟归来。

如果说,他的第一次流放是对楚怀王的完全绝望,那么,他的第二次流放,则是对楚国的完全绝望。

顷襄王二十一年(前278),秦将白起攻破楚都,满城都是兵马俑般的枭悍秦兵,楚国臣民哪见过这等阵仗,只有拱手降服。次年,消息传到流放途中的屈原耳边,这位爱国诗人终于舍不得离开故土,也不愿意他心爱的故国灭亡在他眼前,悲愤交加,自沉汨罗,以死殉国。

司马迁在这篇列传的最后,这样写道:"太史公曰:'余读《离骚》《天问》《招魂》《哀郢》,悲其志。适长沙,观屈原所自沉渊,未尝不垂涕,想见其为人。及见贾生吊之,又怪屈原以彼其材,游诸侯,何国不容,而自令若是!读《鵩鸟赋》,同死生,轻去就,又爽然自失矣。'"

　　"同死生，轻去就"，就是中国文人对于生养自己的土地，那一份眷顾之情，也是中国文人对于抚育自己的祖国，那一份热爱之心。此情，此心，便是中国文人的精神所在，也是我们至今每年的端午节，都要向爱国诗人屈原，肃然致敬的理由。

嵇康和阮籍

鲁迅先生认为，嵇康和阮籍这两位文人脾气都很大，阮籍老年时改得很好，嵇康就始终都是极坏的。后来阮籍竟做到"口不臧否人物"的地步，嵇康却全不改变。结果阮得终其天年，而嵇竟丧于司马氏之手，这大概是吃药和吃酒之分的缘故：吃药可以成仙，仙是可以骄视俗人的，饮酒不会成仙，所以敷衍了事。

骄视俗人，当然是无所谓的；骄视当朝执政，就有吃不了兜着走的结果。

"竹林七贤"中的这两位文人，阮籍的佯狂，似是南人所说的"捣糨糊""无厘头"，而嵇康的刚肠疾恶，锋芒毕露，抵抗到底，不逊不让，则是北人所说的"较真""别扭""犯嘎""杠头"。

当时，司马氏当政，这两位文人不开心。因为"司马昭之心，路人皆知"，要篡夺曹魏政权。虽然，阮籍于高贵乡公在位时，封过关内侯这个虚位，任过散骑侍郎这个闲差，虽然，嵇康娶了长乐亭主，与魏宗室有姻亲关系，还任过中散大夫，但是，阮和嵇，并非特别坚定的、要誓死捍卫曹氏帝王的勇敢者。

应该说，谁来当皇帝，这两位已经享有盛名的文人，既好不到哪里去，也坏不到哪里去。可他们是有头脑的文人，不能不对眼前发生的这一切置若罔闻。第一，司马氏之迫不及待，之步步进逼，之欺软凌弱，之凶相毕露，让苟延残喘的魏主，度日如年。太过分了，太不像样子了，因此，很是看不过去。第二，司马氏大权在握，钳制舆论，镇压异己，不择手段，弄得社会紧张，气氛恐怖，道路以目，宵小得逞。太嚣张了，太过分了，所以，很心烦，很厌嫌，这两位很有点脾气的文人，便产生出来这种对立甚至对抗的情绪。

大多数中国文人，在统治者的高压政策下，常常采取既不敢正面抵抗，也不敢公然唱反调的态度，以不回应、不合作、不支持、不买账的消极精神，也就是鲁迅诗中所写的"躲进小楼成一统"那样，尽量逃避现实。

但是，逃避，谈何容易，文人在这个世界上，又没有得了自闭症，怎么可能感官在受到外部声音、颜色、气味的刺激，了无反应呢？现在来看魏晋时期的这两位大师，阮籍在反应的反应方面，掌控得较为适度，而嵇康在反应的反应方面，则掌控得往往过度。于是，在这两位身上，聪明的人不吃亏，不太聪明而且固执的人常吃亏，便有区别和不同了。

《世说新语》载："晋文王（即司马昭）称阮嗣宗至慎，每与之言，言皆玄远，未尝臧否人物。"注引《魏氏春秋》："阮籍……宏达不羁，不拘礼俗。兖州刺史王昶请与相见，终日不得与言。昶愧叹之，自以不能测也。口不论事，自然高迈。"

其实，嵇康与阮籍，是极好的朋友。《晋书》载嵇康"以高契难期，每思郢质，所与神交者，惟陈留阮籍，河内山涛"。但他对山涛承认："阮嗣宗口不言人过，吾每师之而未能及。"很是羡慕，很是想学习这位小他一岁的神交之友，很是希望自己聪明而不吃亏，但好像总是学不到位，总是把不住嘴，总是要反应出来。

这两位的分野，也就成为后来中国文人延续下来的生存方式。

一是像阮籍这样，不去找死，在统治者划定的圈子里，尽量写到极致。一是像嵇康这样，不怕找死，想方设法，要把一只脚踩到圈外，哪怕为此付出代价。前者，我佩服，因为与强权周旋，如走钢丝，那需要极高的智慧。后者，我钦佩，因为这种以卵击石的游戏，敢于挑战必输的结果，那需要极强的勇气。

生存的智慧，战斗的勇气，是除了才华和想象力以外，中国文人最宝贵的财富。若既无智慧，又无勇气的碌碌之辈，只有期望一位与你同样平庸的君主，网开一面，度过一生了。嵇中散先生的不幸，有智慧，更有勇气，偏偏生在了魏末，偏偏碰上了那个司马昭，这真得感谢老天爷给他安排的好命了。

司马昭干掉高贵乡公曹髦以后，又不能马上下手再干掉元帝曹奂。因为曹魏政权，还没有到了摧枯拉朽、一触即溃的地步。因此，司马昭仍需继续积蓄力量，扩大地盘，继续组织队伍，制造声势，继续招降纳叛，削弱对手，继续将社会名流、上层人士、豪门贵族、文坛高手，拉到自己的阵营里来。

于是，大将军授意嵇康的好友山巨源，动员这位著名作家，出来做官，纳入自己的体系。但嵇康，断然拒绝了。

司马昭的这种拉拢手法，同样也施之于阮籍。阮籍当然与嵇康一样，也是要拒绝的。不过，他拒绝的办法，不是像嵇康那样公开表示不尿，而是一个月醉了二十九天，剩下的一天还总是睡不醒。《世说新语》载："晋文王功德盛大，坐席严敬，拟于王者。唯阮籍在坐，箕踞啸歌，酣放自若。"司马昭对他哭笑不得，跟醉鬼计较，岂不要被人笑话？

嵇康不会喝酒，也不愿这样耍奸脱滑，非要让人家尝他的闭门羹。按说，不想干，就算了，或者，婉谢一下，也就拉倒。他不但不稀罕司马昭给的官，还写了一封绝交书，寄给山巨源，公开亮出观点。显示出他的不阿附于世俗，不屈从于金钱，不依赖于强势，不取媚于权力的坚贞刚直、冰清玉洁的品格。这样，他不仅把老朋友山涛得罪了，把期望他投其麾下的大将军司马昭，也得罪了。

这篇《与山巨源绝交书》，在《古文观止》里可以读到。他把绝交书公开出来，等于发布他的战斗宣言。嵇康告诉世人，我为什么不当司马昭的官，就因为当他这个官，我不快活。这篇书信，写得淋漓尽致，精彩万分。读起来无比过瘾，无比痛快。尽管我们未必能做到嵇康那样决绝，那样勇敢，但不妨碍我们对其人格的光明磊落，坦荡自然，表示衷心钦佩。

鲁迅一生除写作外，研究过许多中国文人及其作品，多有著述。但下功夫最多，花时间最长，来剔微钩沉者，就是他刚到北平教育部当佥事，住在绍兴会馆，亲自辑校的《嵇康集》，这大约就是文化巨人在心灵上的呼应了。

他说："阮籍做文章和诗都很好，他的诗文虽然也很慷慨激昂，但许多意思都是隐而不显的。……嵇康的论文，比阮籍更好，思想新颖，往往与古时旧说反对。"所以，含糊其辞，语焉不详，顾左右而言他，最好了，后来的聪明人，都这样写文章的。而针砭王纲，议论朝政，直书史实，布露民瘼，就是那些不聪明的文人，最犯统治者忌的地方。

而嵇中散的死，最根本的原因，正是鲁迅所指出的，是他文章中那种不以传统为然的叛逆精神。任何一个帝王，最不能容忍的，除了推翻他的宝座，莫过于否定他赖以安身立命的纲常伦理了。司马昭虽然还未篡魏为晋，还未当上帝王，但只不过是时间问题，江山早就姓司马了。他自然不能容忍这个中散大夫，挑战他的权威。

嵇康在给山巨源的信中，提出了"非汤武而薄周孔"的口号，司马昭一看，这还得了，不是动摇国之根本嘛，当时是要把他干掉的。第一，山涛保护了嵇康，说，书生之见，一家之言，大将军何必介意？第二，司马昭也不愿太早露出狰狞面目，没有马上下刀子。按下不表，但不等于他从此拉倒，只是看时机、等借口罢了。

鲁迅分析："非薄了汤武周孔，在现时代是不要紧的，但在当时却关系非小。汤武是以武定天下的；周公是辅成王的；孔子是祖述尧舜的，而尧舜是禅让天下的。嵇康都说不好，那么，教司马懿（这是鲁迅先生的笔误，应是司马昭，但真正坐上帝位的，却是白痴司马炎）篡位的时候，怎么办才是好呢？没有办法。在这一点上，嵇康于司马氏的办事上有了直接的影响，因此就非死不可了。"

在司马昭的眼中，凡与曹魏王朝有联系的人，都是他不能掉以轻心的敌对势力。何况嵇康的太太，还是曹操的曾孙女长乐亭主呢！这门婚姻的结合，使一个贫家出身的文人，娶了一位公主，已无可知悉细情。但有一点可以肯定，这位金枝玉叶，看中嵇康并嫁给他，还使他得到一个中散大夫的闲差，很大程度上，由于嵇康是当时大家公认的美男子。

古代作家有许多风流倜傥的人物，现在，作家能称得上美男子者，几乎没有，而歪瓜裂枣、獐头鼠目者，倒不乏人，真是令后来人愧对先辈。史称嵇康"身长七尺八寸，风姿特秀。见者叹曰：'萧萧肃肃，爽朗清举。'或云：'肃肃如松下风，高而徐引。'山公曰：'嵇叔夜之为人也，岩岩若孤松之独立；其醉也，傀俄若玉山之将崩。'"按近代出土的魏晋时的骨尺，1尺约合23—24厘米计算，嵇康该是一米八几的高个子。史称他"美词气，有风仪，而土木形骸，不自雕饰，人以为龙章凤姿，天质自然"。长乐亭主能不为之倾心吗？何况那是一个持性解放观念的社会，她的曾祖父曹操，在平袁绍的官渡大战中，还不忘寻欢作乐呢！

另外，魏晋时期的嵇康，颇具现代人的健康观念，好运动，喜锻炼，常健身，他擅长的项目，曰"锻"，也就是打铁。"性绝巧而好锻，宅中有一柳树甚茂，乃激水环之，每夏月，居其下以锻。"这个经常抡铁锤的诗人，肯定肌肉发达，体魄健全，比之当今那些贴胸毛、娘娘腔、未老先衰、迎风掉泪的各式作家，要男人气得多。"弹琴咏诗，自足于怀""学不师受，博览无不该通"。像这样一位真有学问的文人，不是时下那些糠心大萝卜式作家，动不动弄出来低级浅薄的笑话来，令人丧气。加之保持身体健美，一位运动健将式的未婚夫，打着灯笼难寻，自然是一抓住就不会撒手的了。长乐亭主以千金之躯，下嫁这位健美先生，便是顺理成章的事情了。

嵇康讨这个老婆，倒有可能与他跟掌权者的对立情绪有关，是一次很政治化的选择，也说不定。试想，他的朋友阮籍为摆脱司马氏与之结亲的要求，干脆大醉两月不醒，让对方找不到机会开口。而他却与司马氏的政敌通婚，显然是有意的挑战。他难道会不记取曹魏家另一位女婿，同是美男子的何晏，娶了曹操的女儿金乡公主，最后不也是被司马懿杀掉的教训吗？嵇康就是嵇康，他却偏要这样行事，这正是他的性格悲剧了。

虽然，他写过文章，他很明白，他应该超脱。"夫称君子者，心不措乎是非，而行不违乎道也。何以言之？夫气静神虚者，心不存乎矜尚，体谅心达者，情不系于所欲。矜尚不存乎心，故能越名教而自任自然，情不系于所欲，故能审贵贱而通物情。物情顺通故大道无违，越名任心，故是非无措也。是故言君子则以无措为主。"

实际上，他说得到，却办不到，至少并未完全实行这个正确主张。

他也找到了理论与实践脱节的病根所在，因为他有两点连自己都认为是"甚不可"的"毛病"：一是"每非汤武而薄周孔，在人间不止，此事会显，世教所不容"。二是"刚肠疾恶，轻肆直言，遇事便发"。这是他给山巨源的绝交信中说的，说明他对自己的性格了如指掌。

但由于他对世俗社会、官僚体制、庸俗作风、无聊风气的不习惯，对司马氏统治的不认同，对他们所搞的这一套控制手段的不开心，他就更为顽固地坚持己见，知道是毛病，也不想改掉了。如果说前面的"甚不可"，是他致祸的原因，后面的"甚不可"，就是他惹祸的根苗了。

阮籍，就比嵇康聪明一些，虽然他对于司马昭，跟嵇康一样，不感兴趣，但他懂得如何保全自己的首级，不往大将军的刀口上碰。一是捏住酒葫芦，不撒手。二是写文章时，竭力隐而不显，犹如当代新潮评论家那些佶屈聱牙的高论，说了半天，连他自己也不知梦呓了些什么一样，尽量不让司马昭抓住他的把柄。三是偶尔地随和一下，不必那么寸步不让、针锋相对。

《世说新语》载："魏朝封晋文王为公，备礼九锡，文王固让不受。公卿将校当诣府敦喻，司空郑冲驰遣信就阮籍求文。籍时在袁孝尼家，宿醉扶起，书札为之，无所点定，乃写付使。时人以为神笔。"而且，不得已时，阮步兵也会给大将军写一篇祝寿文，唱一曲祝寿曲应付差事的。

到了实在勉为其难，不愿太被御用，而推托不了时，索性佯狂一阵，喝得烂醉，像一个大字躺在屋当中，人家笑话他荒唐，他却说我以天地为房舍，以屋宇为衣服。这样一来，司马昭也就只好没脾气。

但嵇康做不到，这是他那悲剧性格所决定的。史称嵇康"直性狭中，多所不堪"，是个"不可强""不可化"的人物，这就是俗话说的"江山易改，禀性难移"了，一个梗惯了脖子的人，要他时不时地低下头来，那是很痛苦的事情。

他想学，学不来，只好认输："吾不如嗣宗之资，而有慢弛之阙，又不识人情，暗于机宜。"结果，他希望"无措乎是非"，但"是非"却找上门来，非把他搅进"是非"中去。这也是没有办法的事，凡古今文人，如果他是个真文人，便有真性情，有真性情，便不大可能八面玲珑，四处讨好，也就自然不善于保护自己。

现在只有看着嵇康，一步步走向生命途程的终点。最痛苦的悲剧，就在于知道其为悲剧，还要悲剧下去，能不为悲剧的主人公一恸乎！

嵇康虽然被司马昭引以为患，但忙于篡夺曹魏政权的大将军，不可能全神关注这位皇室驸马，在他全盘的政治角斗中，嵇康终究是个小角色。如果在中国历史上，统治者周围，君子多，小人少，尤其小人加文人者少，那么知识分子的日子可能要好过些。但小人多，君子少，加之文人中的小人，有机会靠近统治者，那就有人要遭殃了。

不幸的是，司马昭极其信任的高级谋士钟会，不是一个好东西，跳出来要算计嵇康，对司马昭来说，是件正中下怀的事情。现在，已经无法了解，究竟是钟会心领神会大将军的旨意，故意制造事端，还是由于嵇康根本不睬他，衔恨在心，予以报复。或者两者兼而有之，总之，不怕贼偷，就怕贼算，从他后来与邓艾一块儿征蜀，整死邓艾接着又背叛作乱，是个货真价实的小人，当无疑问。

碰上了这样的无赖同行，对嵇康来说，等于敲了丧钟。

钟会年纪与嵇康相仿，只差一岁，算是同龄人。不过，一是高干子弟，一乃平民作家，本是风马牛不相及。但钟会也玩玩文学，以为消遣，这是有点权势的官员，或有点金钱的老板，最易患的一种流行病。这种病的名称，就叫"附庸风雅"。或题两笔孬字，或写两篇歪诗，或倩人代庖著书立说，或枪手拟作空挂虚名，直到今天还是屡见不鲜的。

钟会虽是洛阳贵公子之一，其父钟繇位至三公，其兄钟毓官至将军，但贵族门第，并不能使其在文学上与贫民出身的嵇康处于同一等量级上。因此，他有些嫉妒，这是文人整文人的原始动力。假如，钟会写出来的作品差强人意，也许眼红得不那么厉害；但是，他写得不怎么样，又不愿意承认自己不怎么样，心头的妒火便会熊熊燃烧。

于是，就有了《世说新语》所载的两次交锋。第一次较量："钟会撰《四本论》始毕，甚欲使嵇公一见，置怀中既定，畏其难，怀不敢出，于户外遥掷，便回急走。"如果，嵇康赶紧追出门来，拉住钟会的手，老弟，我能为你做些什么呢？写序？写评论？开研讨会我去捧场？那么，自我感觉甚好的钟会，得到这样的首肯，也就天下太平了。嵇康显然不会这样做的，一个如此圆通的人，也就不是嵇康了。肯定，他拾起钟会的《四本论》，扔在打铁的红炉里，付之一炬。

第二次较量：钟会约了文坛上的一干朋友，又来登门趋访。嵇康却是有意惹他了，这可是犯下了致命错误。现在，已弄不清楚嵇康排斥钟会，是讨厌他这个人呢，还是对他政治上背魏附晋的唾弃，还是对他上一次行径的反感？当这些"贤俊之士"到达嵇康府上，"康方于大树下锻，向子期为佐鼓排。康扬槌不辍，旁若无人，移时不交一言。钟起去，康曰：'何所闻而来？何所见而去？'钟曰：'闻所闻而来，见所见而去。'"

这当然是很尴尬的场面，但钟会可不是一个脓包，而非脓包的小人，往往更为可怕。临走时，他撂下来的这两句话，可谓掷地有声，然后，拂袖而去。不知道嵇先生送客以后如何态度，依我度测，中散大夫对这威胁性的答话，恐怕笑不大起来。

唉！这就是文人意气、不谙世事的悲哀了，只图出一口恶气而后快，却不懂得"打蛇不死反遭咬"的道理，如果对一个一下子整不死的小人，绝对不能够轻易动手的。何况这种脱口秀式的挑衅，只不过激怒对方而已。"刚肠疾恶，轻肆直言，遇事便发"的后果，便是钟会跑去向司马昭说："嵇康，卧龙也，不可起。公无忧天下，顾以康为虑耳！"

没有说出口的一个字，便是"杀"了。

凡告密出首某某，打小报告检举某某，而听者正好也要收拾某某，那这个可怜虫就必倒大霉不可。等到嵇康的朋友吕安，"以事系狱，辞相证引"，把他牵连进去，钟会就公开跳出来大张挞伐了。"康上不臣天子，下不事王侯；轻时傲世，不为物用；无益于今，有败于俗。昔太公诛华士，孔子戮少正卯，以其负才乱群惑众也。"他的结论，透露出小人的蛇蝎之心："今不诛康，无以清洁王道。"其实，也正是司马昭的想法，不过利用钟会的嘴罢了。"于是录康闭狱。"

现在看起来，嵇康第一个要不得，是曹党嫡系，在政治上站错了队；第二个要不得，是个公开与司马政权唱反调的不合作的文人；第三个要不得，或许是最关键的，这位中散大夫得罪了小人。

一部文字狱史，通常都是小人发难，然后皇帝才举起屠刀的。但对于惑乱其间、罗织罪名、告密揭发、出卖灵魂的小人，常常略而不提，所以，这类惯用同行的鲜血染红自己顶子的文人，才会络绎不断地繁殖孳生吧！

接着，便是嵇康最后的绝命镜头了：

一、"嵇中散临刑东市，神气不变，索琴弹之，奏《广陵散》。曲终，曰：'袁孝尼尝请学此散，吾靳固不与，《广陵散》于今绝矣！'太学生三千人上书，请以为师，不许。文王亦寻悔焉。"(《世说新语》)

二、"康之下狱，太学生数千人请之。于时豪俊皆随康入狱，

悉解喻，一时散遣。康竟与安同诛。"(《世说新语》注引王隐《晋书》)

三、"康将刑东市，太学生三千人请以为师，弗许。康顾视日影，索琴弹之，曰：'昔袁孝尼尝从吾学《广陵散》，吾每靳固之，《广陵散》于今绝矣！'时年四十。海内之士，莫不痛之。"（《晋书》）

四、"临死，而兄弟亲族咸与共别。康颜色不变，问其兄曰：'向以琴来不邪？'兄曰：'以来。'康取调之，为《太平引》。曲成，叹曰：《太平引》于今绝也！'"(《世说新语》注引《文士传》)

读到以上的四则记载，不禁愕然古人比之后人，有多得多的慷慨、胆识、豪气和壮烈，竟有好几千罢课的太学生，居然跟随着囚车向法场行进，而且打出标语口号，反对司马昭杀害嵇康，要求停止行刑，让嵇康到太学去做他们的导师。现在已很难臆测魏晋时大学生们游行示威的方式是什么样子的。可以设想，这是洛阳城里从未有过的，一个万人空巷、全城出动、非常悲壮、气氛肃穆的场面。否则，司马昭不会产生后悔的意念，大概也是慑于这种民众的压力吧！

更让人激动的，嵇康被捕后，一些具有社会影响的知识分子，不畏高压，挺身而出，以与这位作家一块儿受罪的勇气，走进牢房。这支涌向大牢的队伍，完全不把小人的报复、统治者的镇压放在眼里，于是，想起近人邓拓先生的诗："谁道书生多意气，头颅掷处血斑斑。"不错，历史上是有许多缺钙的知识分子，但绝不可能是全部，这才是中国文化的脊梁。

日影西斜，行刑在即，围着法场的几千人，沉默无声，倾听嵇康弹奏他的人生绝响。这里不是放着花篮的音乐厅，而是血迹狼藉的行刑场，等待演奏者的不是掌声和鲜花，而将是一把磨得飞快的屠刀。但他，这位中散大夫，正因为他不悔，所以，也就无惧，才能在死亡的阴影中，神色安然地抚拨琴弦，弹完《广陵散》的最后一个音符，从容就义。

嵇中散之死，不但在中国文学史，在世界文学史上，恐怕也是绝无仅有的。类似他的那种"非汤武而薄周孔"的一生追求革新的进取精神，"刚肠疾恶，遇事便发"的始终直面人生的创作激情，甚至对今天作家们的为人为文，也是有其可资借鉴之处的。

正因如此，嵇中散用生命写出的这个不朽，才具有永远的意义吧!

▼○

鲈莼之思

自从西晋张翰的鲈莼之思以后，本是小事一桩的文人吃喝，就与政治密切挂钩。

张翰，字季鹰，吴郡吴人，生卒年不详。为江东文人，《晋书》有传，称他"善属文"。观其散见于唐代类书《艺文类聚》中的《首丘赋》《豆羹赋》《杖赋》《秋风歌》等等作品，看来，此人以赋见长，不过诗也写得很出色。有一首情深意婉的《思吴江歌》，寄托了游子对家乡风物的怀念，他的鲈莼之思，说不定由此而生发的呢！

秋风起兮木叶飞，吴江水兮鲈正肥。三千里兮家未归，恨难禁兮仰天悲。

他残存的诗作不多，但却有脍炙人口的诗句。最负盛名者，莫过于形容盛开油菜花的"黄花如散金"了。凡在南方生活过的人，凡在春天田野里驻足过的人，凡在一望无际的油菜花海里沉醉过的人，无不感到这个极其生动、极为准确、极富色彩感的形象，譬喻生动，巧思传神，堪称绝妙无伦。唐代诗人李白，何其眼高，何其拔份，也不由得佩服："张翰黄花句，风流五百年。"据说，唐代科举取士，甚至以此诗句，为试卷命题，可见影响深远。我想，一个文人，不管你写了千千万万，你还没有死，那千千万万先你而亡，真不如张翰传世的这一句诗。

有这五个字，对以文谋生者来讲，归天以后，还能活下来，也就足够了。

张翰出生的三国时期，魏蜀吴鼎立，除了打仗，就是打仗，打了将近一个世纪，最后，全部完蛋。先是蜀亡于魏，后是魏亡于晋，而吴，气数略长一些。晋当然强，吴也不弱。唯其不弱，所以，坚持到最后才俯首称臣。公元263年，蜀亡，公元265年，魏亡。吴在孙权死后日趋衰弱，隔江对峙强邻，竟然迁延将近30年，直到公元280年，司马炎利用东吴孙皓的荒淫败乱、暴虐贪腐，而兴师灭吴，实现全境统一。不过，吴虽亡，不服输的力量犹在，因为，晋是士族政治，讲门阀，尚精神，全凭嘴皮功夫；吴是豪族统治，讲实力，重物质，有枪就是草头王。这些地方实力，时有"复兴"故国之意，常作蠢蠢欲动之举，弄得洛阳当局心神不宁。于是，吴亡以后的第一个十年（280—290）间，晋武帝南下视察，途经广陵，向一位叫华谭的名士请教。

他问这位耆宿："吴人赵睢，屡作妖寇"，怎么办？"吴人轻锐，难安易动"，怎么办？"绥靖新附，何以为先？"请先生示之。

华谭沉思片刻回答："所安之计，当先筹其人士，使云翔闾阖，进其贤才，待以异礼，明选牧伯，致以威风，轻其赋敛，将顺咸悦。"

魏晋风流的主角，就是这些表面不政治、内心极政治的名士，一部《世说新语》，说尽了这些名士的通脱圆熟，究其底里，名士其实最政治，不过，永远让你看不透罢了。华谭不喜欢司马炎口中的"绥靖"二字，但又不好劝陛下"绥靖"不得。而要"绥靖"的话，自然是软硬两手齐上，怀柔镇压并举，难免荼毒东南生灵，势必伤害江左利益。这才深入浅出，委婉开导，司马炎尽管弱智，此刻尚未昏聩，这些政治常识，也还能听得头头是道。这才有颁诏聘贤、派船迎宾之盛举，将江东头面人士，一股脑儿统统召入洛阳。

我估计张翰入都，在批次上要稍晚于顾荣、周处、戴渊、纪瞻等人。而陆机、陆云兄弟，南方人士中的拔尖人物，早在太康十年，就是洛阳城里风度翩翩、文章出色的秀场明星了。大司空张华，西晋政权要人，很高兴东吴的两位大牌文人，归顺中央，赞曰："伐吴之役，利获两俊。"试想，司马炎聚数十万水陆将士，积二十年军事准备，拿下东吴，只是为了得到这哥儿俩，未免过甚其词。幸好张华是司马炎的多年智囊，否则，那些看不上南人的北方名流，早大嘴巴子抽过去了。

由此看到，在洛阳人士眼里，对江东人物的品评，还是存在等级差别的。别看张翰的名望，在东吴当地响当当，但在洛阳组织部门眼里，他名字的含金量，显然要低一点。因为张翰的父亲张俨，为东吴孙权的大鸿胪，相当于国家民委主任，部委级的。可顾荣的祖父顾雍，却是东吴孙权的丞相，等于国务院总理，那可是十分了得的大员。而陆氏兄弟的祖父陆逊、父亲陆抗便更厉害了，一个类似三军总司令，一个类似总参谋长，皆为军权在握的高级统帅。因此，同是官二代，阶位之高低，级别之上下，是无法同日而语的。当局权衡之下，一种可能，也许发给张翰一纸敦聘书，另一种可能，也许并没有发，只是表示了敦聘的意向。中央政府对他的态度，依我猜测，热情是有的，冷淡也是有的，阁下来也行，阁下要不来也行，一张由建康到洛阳的直通船票，好像迟迟也未送达。一般来说，古人是比今人更在意面子的，可想而知，在白下的张翰，街上碰到熟悉的面孔，人家若好奇地问：张先生怎么没去洛阳赴任？脸皮就会热辣辣地发涩了。

面子问题，恐怕是张翰最终回到江东的一个郁闷心结。

另外，从张翰洛阳之行的随意性，也可看到他的手中，确实没有中央政府签发给他的船票。据《晋书》，他来洛阳，由于"会稽贺循赴命入洛，经吴阊门，于船中弹琴。翰初不相识，乃就循言谭，便大相钦悦。问循，知其入洛，翰曰：'吾亦有事北京。'便同载即去，而不告家人"。这种具有魏晋风度的潇洒不羁，不拘小节，任性而为，洒脱风流，固然成为文坛佳话。但一时兴起，搭顺风车，坐顺路船，也表明他之"有事北京"，并不是必须要去，马上要去，而是可去可不去的自由行。

张翰入都，估计在"太康之治"的黄金时代与"八王之乱"的黑暗岁月之间，正是司马炎灭蜀、篡魏、伐吴，大红大紫以后，很快就要谢幕的尾声。这种好日子马上到头，坏日子就要开始的混沌期，大多数人常常是浑然不觉的。清醒如华谭，按兵不动苦守江东者，不多。凡觉得自己是块料者，都到北方立身扬名去了。连一些无名之辈，也因从众心理，千里迢迢，往洛阳而去，成为浪迹于首善之区的"北漂一族"。

当名流、半名流、非名流，都在北都聚首之际，在建康城里的张翰，形单影只，孤身孑立，不免有点上火，摆在面前的鲈脍莼羹，竟引不起他的食欲。

对于古人、前人、圣人、名人，我习惯于看其"人"之一面，既然是人类成员之一的"人"，而不是不食人间烟火的"神"，那么"人"之共性，譬如七情六欲，譬如喜怒哀乐，譬如得之喜、失之悲，譬如人比人，气死人，我想不可能不存在。这位老兄看到中原的火热一面，看到洛阳的光亮一面，看到结束汉末分裂、一统天下的划时代人物司马炎，仍在指点江山的辉煌一面；他有他的现实主义盘算，那火热，那光亮，那辉煌，再不抓住机会的话，恐怕要永远失之交臂了。于是，踏上贺循的船，直奔北都。没有想到开国君主司马炎，会在公元290年（太熙元年）突然驾崩，从此辉煌不再。

司马炎之死，颇出大家意料，执政25年，不算长，年才55岁，不算老，一个正当年的人，怎么会死？或许不无参考意义的旁证，中书令太子太傅贺邵上过谏书，直言"今国无一年之储，家无经月之蓄，而后宫之中坐食者万有余人"。一个太过庞大的后宫，对他来讲，即或拿伟哥当饭吃，也是杯水车薪，无济于事的。此人好色，登极后曾经发出一道荒唐的诏令，禁全国婚娶两年，必须等他选妃以后，方可开禁。据说他一口气搜罗了5000美人充实后宫。平吴以后，又从江东物色来5000吴越佳丽，于是，拥有与万女交合之勃勃"雄"心的司马炎，荣登中国最荒淫帝王榜，居榜首位置。由于"极意声色，遂至成疾"，终因纵欲过度，委顿不起，只好向他的臣民抱歉，先走一步了。

张翰到了洛阳以后不久，就赶上了这次国丧，他有点沮丧。

他到洛阳来，多少带着一点浪漫、一点激情，投奔司马炎一统天下的大业中去。中国文人都比较政治，不过聪明一点的，努力与政治保持距离，而自以为聪明的，或者聪明过了头的文人，却如蛾趋火似的拥抱政治，投机政治。张翰如果早想到一个男人占有一万个女人势所必然的结局，我想这位音乐爱好者，在船中听完贺循弹完一曲之后，就离船上岸，跟他拜拜，不会与之结伴同行，也不会有嗣后的鲈莼之思了。

王夫之在《读通鉴论》中，说到这位司马炎时，也是很肯定此人早期的辉煌，也是江东张翰为之憧憬、为之希冀的："晋武之初立，正郊庙，行通丧，封宗室，罢禁锢，立谏官，征废逸，禁谶纬，增吏俸，崇宽弘雅正之治术，故民藉以安；内乱外逼，国已糜烂，而人心犹系之。然其所用者，贾充、任恺、冯紞、荀纮、何曾、石苞、王恺、石崇、潘岳之流，皆寡廉鲜耻贪冒骄奢之鄙夫；即以张华、陆机铮铮自见，而与邪波流，陷于乱贼而愍不畏死；虽有二傅、和峤之亢直，而不敌群小之翕訾；是以强宗妒后互乱，而氐、羯乘之以猖狂，小人浊乱，国无与立，非但王衍辈清谈误之也。"

但晋之亡，并非如王夫之所说的近小人，远君子，而是司马炎逃脱不了其家族阿尔茨海默氏症的基因病变。说来也怪，整个晋朝，所有姓司马的帝王、贵裔、宗室，都是按这样的"前明后暗"两极变化的逻辑行事，司马家族的通病，就是"明"期一过，立刻昏"暗"，而且迅速逆转，来不及地走向反面。或始终白痴，或逐渐白痴，或急速白痴。王夫之所说："惠帝，必不可为天子者也，武帝护之而不易储，武帝病矣；然司马氏之子孙，特不如惠帝之甚耳，无一而不可以亡天下者，则将孰易而可哉？"其实就是这个道理。司马衷白痴，其他司马什么的，未必不白痴，换谁都不灵，都存在着阿尔茨海默氏症的基因。所以，司马炎死后，25年工夫，西晋王朝覆灭。

正史和稗史演义都说，司马家的老祖宗司马懿，曾经装疯，装得十分成功，骗过了好多人。《三国演义》一百零六回，"司马懿诈病赚曹爽"，描写他能够使所有人都相信他疯的细节，恐怕此人的心智精神方面，还确是有点病态。从这位老家长一生，残忍到麻木，狠绝到死硬，将尸体堆成"京观"的为杀人而杀人，所看到的理智绝对丧失，下意识支配一切的恶行表现，看来，潜伏在这个家族基因中的痴呆症困扰，谁都无法逃避。

"前明"和"后暗"，只是基因处于沉潜期和骚躁期的差别。司马炎之胡作非为，倒行逆施，荒腔走板，神志紊乱，到不可理喻的地步，说明其家族没落基因，提前发作罢了。弱智，并不可怕，历史常常开这样的玩笑，将一群弱智的人，集合在一起，那就要酿成灾难，这就是公元291年（元康元年）至公元306年（光熙元年）的"八王之乱"。那些精神扭曲、心智变异的司马家族成员，被推向极致以后，手里有刀，有枪，有生杀大权，健全的人性，越来越少，嗜血的兽性，越来越多，其结果便可想而知了。一场持续16年的疯人院式的癫狂，司马家这班近乎白痴的弱智子弟，终于将西晋王朝彻底埋葬。

于是，他决意离开。洛阳的流水席再好，也比不上家乡的美味可口。

现在，已无法知悉张翰何时来到北都，又是何时离开这座城市的具体年份和日期了。若按《晋书》所说："齐王冏辟为大司马东曹掾，冏时执政。"那么，鲈莼之思的张翰，应该是公元301年至302年之间，司马冏尚未彻底完蛋前，回到江东去的。齐王执政后，一直得不到安排的张翰，有了转机，为了笼络江东人士，司马冏给他一个东曹掾的职务，相当于大秘。秩四百石，地位不高，但在别人眼里，起点很高，因为是领导贴身人员。《晋书》称："冏于是辅政，居攸（其父）故宫，置掾属四十人。"被司马冏看中，纳为自己四十嫡系成员之一，前途肯定不可限量。然而，回江东的决心已定，别说区区四百石，两千石也不在话下，拍拍屁股，打算走人了。

据《晋书》：走之前的张翰，与在洛的江东领军人物，也是他的酒友顾荣，把盏叙别。"翰谓同郡顾荣曰：'天下纷纷，祸难未已。夫有四海之名者，求退良难。吾本山林间人，无望于时。子善以明防前，以智虑后。'荣执其手，怆然曰：'吾亦与子采南山蕨，饮三江水耳。'翰因见秋风起，乃思吴中菰菜、莼羹、鲈鱼脍，曰：'人生贵得适志，何能羁宦数千里以要名爵乎！'遂命驾而归。"

张翰所思念的吴中三味，都是一般般的家常菜肴，然而一方水土养一方人，久而久之，家乡风味的味，就不仅仅是味觉了，而是家园之恋和乡土之情的混合体，甚至是精神上的一种寄托和象征。正如陆机兄弟最早来到洛阳时，拜访侍中王济，这位驸马爷指着面前几斛羊奶制成的乳酪，问他，你们江东可有与此媲美的食物吗？陆机就回答他："有千里莼羹，但未下盐豉耳！"用白话来说，江南千里湖里的莼菜，做出羹来，即使不加作料，也是鲜美无比的。菰菜，即茭白，炒个肉丝什么的，清香鲜嫩；莼羹，就是用水生植物莼菜幼叶做成的汤，柔滑可口；鲈鱼脍，我估计即今之苏、杭菜肴中的滑熘三白。据说，松江产的鲈鱼四鳃，与他地产的二鳃不同，肉质细腻肥美。

但是，千里洛阳，来，固不容易，去，也不容易，司马囧却是一个不能得罪之人，在"八王之乱"这场狗咬狗一嘴毛的厮杀中，他最投机，也最毒辣，绝对不是一个好饼子。先是鼓动司马伦，废了惠帝皇后贾南风，将她送进金墉城幽禁，废了就废了吧，关了就关了吧，不，司马囧到底给她一盏金屑酒，鸩死了她。后又裹胁司马颖、司马颙，又将这个得意的司马伦推翻在地，然后，老戏重演，同样将他送入金墉城，同样也是一盏金屑酒，鸩死了他。

不打招呼，说走就走，司马囧对不听调教、不识抬举的江东张翰，应该是不会宽恕的。现在，弄不懂这个绝对混账、绝对坏蛋的司马囧，为什么高抬贵手，放他一马，甚至连追杀的念头也没有。唯一的可能，就是司马家族的遗传基因在起作用，此人急速地弱智与白痴化，已经不可救药，无暇顾及一切。据《晋书》，此时的司马囧，正忙于"大筑第馆，北取五谷市，南开诸署，毁坏庐舍以百数，使大匠营制，与西宫等。凿千秋门以通西阁，后房施钟悬，前庭舞八佾，沉于酒色，不入朝见"。司马炎那海量美女的后宫，现在都归他享用了，光清点验收这笔遗产，就够他张罗的了。肯定有人给他打过报告，任何社会，在统治者的耳根下，这种密告是少不了的。"主公，那个爱喝酒的江东张翰正在雇船。""雇船干吗？""要回江南。""回江南干吗？""说是想吃他的家乡特产。"司马囧哈哈一笑，"既不是持刀弄枪去造反，也不是舞文弄墨来捣乱，一个文人，为一张嘴，由他去吧！"

本来，张翰好饮，有"江东步兵"的雅称，他总不能学习前辈阮籍，装疯卖傻，醉上一百天，推掉司马家的婚事那样，借此离开洛阳吧？于是，在一个秋风清冽的日子里，他想到家乡三味，便放出空气，"人生贵得适志，何能羁宦数千里以要名爵乎！"于是，他回到了江东，得到了自由。

张翰此行，颇得后人誉扬，但誉扬的侧重点不一。

一是赞他舍得名利的放达。李白在《行路难之三》这首诗中，这样大加褒美："君不见吴中张翰称达生，秋风忽忆江东行。且乐生前一杯酒，何须身后千载名。"着重其放达情性、看淡名利的一面。唐代诗人白居易，一辈子在朝为官，一辈子不很得意，因为他在乎那几百石薪俸，做不出这份割舍，也就做不到张翰那样说走就走，也用诗句表达他的衷心敬佩："秋风一箸鲈鱼鲙，张翰摇头唤不回。"不但羡慕张翰所得到的这份自由，而且佩服他敢"摇头"说不，敢"唤"而"不回"的勇气。

二是赞他识时务，知进退。《世说新语》对张翰此行的记载，则强调其识时知趣、明哲保身的一面。"张季鹰辟齐王东曹掾，在洛见秋风起，因思吴中菰菜羹、鲈鱼脍，曰：'人生贵得适意尔，何能羁宦数千里以要名爵！'遂命驾便归。俄而齐王败，时人皆谓为见机。"

但是，无论是适意旷达、淡泊名利也好，还是识时知世、抽身而退也好，其实，张翰告别洛阳，在更深层次上是中国历史上长期存在的南北文化隔阂所造成的。二百年后，北魏杨衒之所著的《洛阳伽蓝记》，其中所写的五世纪末、六世纪初的南北朝期间，在北人和南人、中原人和江左人之间，心理和精神上的感觉差异，文化和物质上的认知鸿沟，还是相当严重分歧着的："永安二年，萧衍遣主书陈庆之送北海入洛阳僭帝位。庆之为侍中。景仁在南之日，与庆之有旧，遂设酒引邀庆之过宅。司农卿萧彪、尚书右丞张嵩并在其座，彪亦是南人。唯有中大夫杨元慎、给事中大夫王晌是中原士族。庆之因醉谓萧、张等曰：'魏朝甚盛，犹曰五胡，正朔相承，当在江左。秦皇玉玺，今在梁朝。'元慎正色曰：'江左假息，僻居一隅。地多湿蛰，攒育虫蚁，疆土瘴疠，蛙黾共穴，人鸟同群。短发之君，无杼首之貌；文身之民，禀蕞陋之质。浮于三江，棹于五湖，礼乐所不沾，宪章弗能革。虽复秦余汉罪，杂以华音，复闽、楚难言，不可改变。'"

张季鹰来到洛阳，钉子没少碰，冷脸没少看，只要一出迎宾馆大门，一张嘴，甚至那些卖胡饼的，制乳酪的，炸油尖麻糖的，做焦䭔馓铺的小市民，也瞧不上满口吴语的他。自恃天子脚下之人，有撇嘴的，有摇头的，那叫一个势利。尤其讲河洛官话的高门华族，操华夏正音的世家缙绅，就更不把来自蛮夷之域的亡国之民放在眼里。从语音到饮食，从风俗习惯到日常起居，从文化品位到玄儒学派的分歧，从政治见解到治国理念的不同，南北士大夫间存在着严重的抵触情绪。

司马炎虽然下令将江左名士陆机、陆云、顾荣、周处等，敦聘到洛阳来，但是，如何安排？如何使用？如何让这班南方精英分子，融入北方壁垒分明的门阀体系之中？如何让那些人五人六的、自视不凡的中原人士，接受他们，礼敬他们，从而和衷共济，同襄国是？还未来得及做进一步筹划，晋武帝就撒手西去。这位在军事上实现了版图统一的司马炎，即使天假以时，多活上几年，要在政治上实现人心的统一，在文化上实现精神的统一，那是谈何容易的事。

张翰开了这个头以后，接下来，顾荣、戴渊、纪瞻、贺循，也相继还乡。说其放达也可，说其见机也行，但根本上是这种南北之分、之争、之隔阂、之距离，一时间内很难看到尽头，才借机回返江东。从那以后，自魏晋南北朝起，一直到唐宋，一直到明清，一直到五四，甚至新中国成立以后，中国文化史上这种由于地域差别，而造成的压迫与反压迫，都曾或隐或显地存在过。

若从这样大背景上看鲈莼之思，大概也就是这条历史长河中一朵文学浪花而已。

▼○

仰天大笑出门去

"仰天大笑出门去，我辈岂是蓬蒿人。"

这是李白最得意时候的诗，也是最具李白风格的诗。

每读到这里，不但让我们想象得出这位诗人，怎么昂着头，挺着脸，走出门来，迎着太阳，大笑不止的发烧样子，甚至似乎还能听到他情不自禁的、喜从中来的、按捺不住的、兴奋不已的朗朗笑声。

只有他能这样不管不顾地得意，也只有他敢这样大张旗鼓地得意。

这就使你懂得，为什么李白写诗最放纵、最肆意、最冲动、最无拘无束，为什么在他笔下，总是写到极致，写到顶点，写到夸张到不能再夸张的临界状态，写到其对比度强烈得不能再强烈的巅峰程度。在中国，也不光在中国，也许他是最精到、最娴熟、最大胆、最醉心于将语言表达到极致境地的杰出诗人。

君不见，黄河之水天上来，奔流到海不复回。君不见，高堂明镜悲白发，朝如青丝暮成雪。（《将进酒》）

十步杀一人，千里不留行。事了拂衣去，深藏身与名。（《侠客行》）

鸬鹚杓，鹦鹉杯，百年三万六千日，一日须倾三百杯。（《襄阳歌》）

愁来饮酒二千石，寒灰重暖生阳春。（《江夏赠韦南陵冰》）

楚山秦山皆白云，白云处处长随君。（《白云歌送刘十六归山》）

头酣落笔摇五岳，诗成笑傲凌沧洲。（《江上吟》）

桃花潭水深千尺，不及汪伦送我情。（《赠汪伦》）

横河跨海与天通，我知尔游心无穷。（《元丹丘歌》）

燕山雪花大如席，片片吹落轩辕台。（《北风行》）

呼卢百万终不惜，报仇千里如咫尺。（《少年行》）

天台四万八千丈，对此欲倒东南倾。（《梦游天姥吟留别》）

大鹏一日同风起，扶摇直上九万里。（《上李邕》）

俱怀逸兴壮思飞，欲上青天揽明月。（《宣州谢脁楼饯别校书叔云》）

飞流直下三千尺，疑是银河落九天。（《望庐山瀑布》）

朝辞白帝彩云间，千里江陵一日还。（《早发白帝城》）

白发三千丈，缘愁似个长。（《秋浦歌》）

凡中国人，无不知李白。凡中国人，无不能脱口而出数句或数首李白的诗。所以，一部中国文学史，要是缺少了李白这个名字，就好像喜马拉雅山没有珠穆朗玛峰一样，立刻，就会失去了那一股顶天立地的感觉。

李白的诗，对于中国文学的发展，其影响至为深远。

李杜文章在，光焰万丈长。（韩愈《调张籍》）

白也诗无敌，飘然思不群。（杜甫《春日忆李白》）

笔落惊风雨，诗成泣鬼神。（杜甫《寄李十二白二十韵》）

其为文章，率皆纵逸。至如《蜀道难》等篇，可谓奇之又奇，自骚人以还，鲜有此体调也。（殷璠《河岳英灵集》）

诗人各有所得，清水出芙蓉，天然去雕饰，此李白所得也。（王安石评，见胡仔《苕溪渔隐丛话》）

太白于乐府最深，古题无一弗拟，或用其本意，或翻案另出新意，合而若离，离而实合，曲尽拟古之妙。（胡震亨《唐音癸签》）

五七言绝句，实唐三百年一人。（李攀龙《唐诗选序》）

而谈到李白这个人，他的来历，他的出处，他的行状，他的踪迹，就不如他写的诗那样明明白白地便于言说了。

从公元701年（唐武后大足元年）生，到公元762年（唐肃宗宝应元年）死，他的一生，有许多不确定性的记载，不是一句两句就能说清楚、说明白的。他自称祖籍陇西成纪（今甘肃静宁西南），先代于隋末流徙西域，因此，他出生于中亚碎叶城（今吉尔吉斯斯坦国的托克马克附近）。神龙初，随父回四川广汉，居绵州彰明县（今四川江油）清莲乡。也有一说，李白生于蜀中，更有一说，李白具有胡人血统。

公元724年（开元十二年），"仗剑去国，辞亲远游"，出蜀后，漫游江汉、洞庭、金陵、扬州等地。娶故相许圉师之孙女为妻，遂定居湖北安陆。

公元730年（开元十八年），这位倒插门女婿，不知什么缘故，在安陆待不下去，遂西去长安求发达，与张垍、崔宗之、贺知章等交游。

公元732年（开元二十年），虽得到玉真公主的接待，但未能被她大力引荐，谋官不成，沮丧而归。

公元736年（开元二十四年），于是，决心遁世，移居山东任城，与孔巢父等，隐于徂徕山，号"竹溪六逸"。

公元742年（天宝元年），因道士吴筠荐举，应诏入京，突然发迹起来，为供奉翰林，达其人生最高潮。

公元745年（天宝四载），受权贵谗谤，加之未遂"使寰区大定，海县清一"政治抱负，求去，被唐玄宗赐金放还。出京后，与杜甫、高适会于梁、宋，漫游齐、鲁，过着行吟放浪的日子。

公元752年（天宝十一载），北上塞垣，游幽蓟，浪迹天下。

公元755年（天宝十四载），安史之乱。

公元756年（至德元载，即天宝十五载），隐居庐山，后应永王李璘邀，入幕为宾。他以为是一次得以报国的机会，谁知上了贼船。

公元757年（至德二载），永王李璘兵败，李白亡走彭泽，坐系浔阳狱。

公元758年（乾元元年，即至德三载），因永王事坐罪，本来是要被杀头的，经郭子仪担保，免诛而长流夜郎。

公元759年（乾元二年），未至夜郎，遇赦得释。

公元760年（上元元年，即乾元三年），往来于岳阳、浔阳、宣城。

公元761年（上元二年），往依族叔当涂令李阳冰。

公元762年（宝应元年），是年十一月，以疾卒，年六十二。也有一说，游江上，投水死。

李白，一方面是有大才华的诗人，一方面也是有大抱负的志士。他实际是有大胸怀，想做大事业，是想达到他在诗歌上达到的成就相埒，是他一辈子不停拼搏、不断折腾的目标。可是，在封建社会里，做大事业，必须做大官，也许，做大官者不一定做大事业，但要真想做大事业，还非得做大官不可。这也是李白毛遂自荐，削尖脑袋钻营官场的由来，虽然，他很不愿意"摧眉折腰事权贵"，然而，他又不甘于"我辈岂是蓬蒿人"，因此，李白始终处于相当程度的自我矛盾之中。他有时候是自己，有时候就不是他自己，有时候他在做一个想象中应该是什么样的自己，有时候失去自己，走到不知伊于胡底的地步。

姑且相信有上帝这一说，不知为什么，其把人造成如此充满矛盾的一个载体，而人之中的诗人，尤甚。设若矛盾在平常人身上，计数为一，那么，在诗人身上必然发酵为一百。同样一件事，你痛苦，他就痛苦欲绝，你快乐，他就快乐到极点、到狂。诗人与别人不同之处，无论痛苦，还是快乐，来得快，去得更快。于是，诗人像一只玻璃杯，总是处于矛盾的大膨胀和大收缩的状态下，很容易碎裂。

所以，真正的诗人，短命者多，死于非命者多，这也是无可奈何的事。当然，有些诗人后来还苟活着，实际上，他的诗情，早已掏空，他的五色笔，也被梦中的美丈夫收回去了，压根儿已不是诗人，只不过是原诗人或前诗人，或曾经诗人过。写不出诗，并不妨碍他仍顶着诗人的桂冠，在文坛招摇，要他的一席位置，要他的一份待遇，位置低了不行，待遇少了不干，这也是当前中国文人的现状，别看作协会员成千上万，但绝大多数都是不下蛋的鸡。

中国文学史上的最伟大的诗人之一，可以说是一生矛盾，矛盾一生。

读他的诗，如同读这个人，李白在逝世以前的那段日月，作为一个充军夜郎、遇赦折返的国事犯，羁旅江湖，家国难归，那心境怕不会是快活得起来的，他笔下只能写这种愁眉不展的诗：

窜逐勿复哀，惭君问寒灰。浮云本无意，吹落章华台。远别泪空尽，长愁心已摧。三年吟泽畔，憔悴几时回？（《赠别郑判官》）

　　当他春风得意那一阵，李白在长安城里，过的是他挚友杜甫所写的那优哉游哉的日子。"李白斗酒诗百篇，长安市上酒家眠。天子呼来不上船，自称臣是酒中仙。"（杜甫《饮中八仙歌》）

　　也许太快乐比太痛苦更不容易激发诗的灵感，声色犬马，三陪女郎，酒足饭饱，桑拿浴房，这时候的诗人只有饱嗝可打，臭屁可放，诗是绝作不出的，即使作出来，如李白这样的高手，也就不过如此。

　　凤凰初下紫泥诏，谒帝称觞登御筵。揄扬九重万乘主，谑浪赤墀青琐贤。朝天数换飞龙马，敕赐珊瑚白玉鞭。世人不识东方朔，大隐金门是谪仙。（《玉壶吟》）

　　显然，仰天大笑的蓬蒿人，终于等到了这一天，欢悦之心，喜欣之色，全在这首诗中赤裸裸地烘托出来了。对于这位诗人的童真、稚情、孩子气，也就只好一笑了之了。谁也不是圣人，谁也不是神仙，谁也不能保证自己百分百的正确。

　　作为供奉翰林李白，还得哄最高当局的开心，也真是够难为他的。从宋人王谠著的《唐语林》中的一则故事，可知诗人的马屁术，也挺有水平，能拍得皇帝老子蛮开心的。"玄宗宴诸学士于便殿，顾谓李白曰：'朕与天后任人如何？'白曰：'天后任人，如小儿市瓜，不择香味，唯取肥大。陛下任人，如淘沙取金，剖石采玉，皆得其精粹。'上大笑。"

因为武则天养男宠，"唯取肥大"，李白讲这个低级的色情段子，让李隆基开怀大笑，说明他很能揣摩老爷子的心理。当然，李白的作秀，或李白的佯狂，是他的一种舞台手段。他渴嗜权力，追逐功名，奔走高层，讨好豪门，是为了实现更远大的目标，宫廷侍奉，更是他必须全身心投入，才能把握得住的得以接近最高当局的唯一机会。所以，他忙得很，至少那一程子，分身乏术，忙得脚打后脑勺。下面这首近似"吹牛皮"的诗，便可了解他那时的得意心情了。

少年落魄楚汉间，风尘萧瑟多苦颜。自言管葛竟谁许，长吁莫错还闭关。一朝君王垂拂拭，剖心输丹雪胸臆。忽蒙白日回景光，直上青云生羽翼。幸陪鸾辇出鸿都，身骑飞龙天马驹。王公大人借颜色，金璋紫绶来相趋。当时结交何纷纷，片言道合惟有君。待吾尽节报明主，然后相携卧白云。（《驾去温泉宫后赠杨山人》）

看这首诗的标题，就可想见诗人那一脸得意之色了。"幸陪鸾辇"，什么意思？是陪着李隆基去潼关洗温泉。也许认为自己在护驾的诗人，在这支陪同队伍中，只是最后一辆面包车的乘客，那也了不起。

英国的莎士比亚，一生中侍奉两位君王，一位是伊丽莎白，一位是詹姆斯一世，前者，他只有在舞台边幕条里探头探脑的分儿，后者，他也不过穿着骠骑兵的号衣，在宫殿里站过岗，远远地向那个跛子敬过礼。何况我们的诗人李白，不仅与李隆基同乘一辆考斯特，由西安同去临潼，一路上还相谈甚密，十分投机。《唐语林》也证实："李白名播海内，玄宗见其神气高朗，轩然霞举，上不觉忘万乘之尊，与之如知友焉。"看来，诗人的"片言道合惟有君"，固然有自我发酵的成分，但大致符合实际。他给杨山人写诗的时候，肯定采取海明威的站着写作的方式，因为他已经激动得坐不住了。

可是，天宝四载（745）第二次离开长安以后，李白虽然有点失落，但未完全失落。有点失落，怨而不怒，是写风、雅、颂的最佳状态。完全失落，风雅不起来，颂也没兴致，一心舒愤懑，就有失温柔敦厚之意了。

处世若大梦，胡为劳其生。所以终日醉，颓然卧前楹。觉来盼庭前，一鸟花间鸣。借问此何时，春风语流莺。感之欲叹息，对酒还自倾。浩歌待明月，曲尽已忘情。（《春日醉起言志》）

正因为他还有一份对长安的憧憬，才生出"浩歌待明月"的期冀，无论如何，他终究是和皇帝在一辆考斯特车上坐过，很官方色彩过的。所以，他有一时兴来的正统情感，虽然自己倒未必坚持正统，犹如他习惯了写非主流的作品，兴之所至，偶尔主流一下，也未尝不可。大师出神入化的诗歌创作，在物我两忘的自由王国里任意翱翔，就不能以凡夫俗子的常法常理，来考量他了。

对李白这样彻头彻尾的浪漫主义者来讲，要他做到绝对的皈依正统，死心塌地在体制内打拼，恐怕是一件最痛苦的事情，继续做笼中的金丝鸟，无异于精神的奴役。这也是他第二次终于走出长安的底因。如果我们理解李白，他在人格上，更多的是一个悖背正统的叛逆者。但是，也别指望他能大彻大悟，李白与文学史上所有大师一样，无不处于矛盾之中，一方面，建功当世，以邀圣宠，扬声播名，以求闻达，这种强烈的名欲，使他几乎不能自己；一方面，浪迹天涯，啸歌江湖，徜徉山水，看穿红尘，恨不能归隐山林；一方面，及时行乐，不受羁束，声色犬马，胡姬吴娃，离开女人简直活不下去；一方面，四出干谒，曲事权贵，奔走营逐，卖弄才华，沉迷名利场中而不拔。所以，公元733年，他第一次离开长安后，东下徂徕，竹溪友集，人在江湖，其实，还是心存紫阙的，这是诗人一辈子也休想摆脱的"我辈岂是蓬蒿人"的攀高心结。

这不仅仅是李白，世界上有几个甘于寂寞，当真去归隐的文人呢？唐代，有许多在长安捞不到官做的文人，假模假式地要去隐遁，可又不肯走得太远，就到离长安不远的终南山当隐士。隔三岔五，假借回城打油买醋，背几箱方便面在山里吃的理由，屁颠屁颠地又溜进来青绮门，窥探都城动静。

"天生我才必有用，千金散尽还复来"，《将进酒》一诗中的这两句名言，注定了诗人不能忍受的，就是不堪于默默中度过一生。公元742年（天宝元年），他的机会来了，由于他友人道士吴筠，应召入京，吴筠又向玄宗推荐了李白，唐玄宗来了好兴致，征召我们这位诗人到长安为供奉翰林。于是，他写下这首毫不掩饰自己的得意之歌。

> 白酒新熟山中归，黄鸡啄黍秋正肥。呼童烹鸡酌白酒，儿女嬉笑牵人衣。高歌取醉欲自慰，起舞落日争光辉。游说万乘苦不早，著鞭跨马涉远道。会稽愚妇轻买臣，余亦辞家西入秦。仰天大笑出门去，我辈岂是蓬蒿人。（《南陵别儿童入京》）

老百姓形容某个人过分轻狂，喜欢说，骨头轻得没有四两。我估计，这位大师此时此刻，浑身上下加在一起，怕也没有200克重的。最后两句，我们能够想象诗人当时那副乐不可支的模样，幸而他一向佯狂惯了，要是这幸运落在《儒林外史》中的范进头上，怕到不了长安，就笑傻了。

凡诗人，都有强烈的表现欲，哪怕他装孙子，作假收敛，作假谦谨，那眼角的余光，所流露的贪念，是打埋不住的。所以，像李白这样不遮不掩、不盖不藏的真性情，真自在、真实在的内心，真透明的灵魂，倒显得更加真率可爱。

李白倒不是浪得大名，"五岁诵六甲""十岁观百家，轩辕以来颇得闻矣""十五观奇书，作赋凌相如"，深信自己具有"申管晏之谈，谋帝王之术，奋其智能，愿为辅弼，使寰区大定，海县清一"的能量，正是这一份超常智慧，卓异才华，使他既自信，更自负。他在《上安州裴长史书》中说，成年以后，"仗剑去国，辞亲远游，南穷苍梧，东涉溟海"，可以看到他读百家奇书、求治国韬略、历江湖河海、涉名山大川以后，诗的创作越发成熟，求功名越发强烈，做一番大事业的欲望越发坚定，求一个大位置的野心也越发迫切。

在《与韩荆州书》中的他，那豪放狂傲、不可一世的性格和他干谒求售时急不可待的心情，两者如此巧妙地结合，不能不令人对其笔力所至，无不尽意的折服："白，陇西布衣，流落楚汉。十五好剑术，遍干诸侯。三十成文章，历抵卿相。虽长不满七尺，而心雄万夫。皆王公大人许与义气。此畴曩心迹，安敢不尽于君侯哉！"把自己狠狠吹了一通以后，又把荆州刺史韩朝宗，足足捧了一顿。"君侯制作侔神明，德行动天地，笔参造化，学究天人。幸愿开张心颜，不以长揖见拒。必若接之以高宴，纵之以清谈，请日试万言，倚马可待。"然后，进入主题，凡吹，凡拍，无不有明确的目标。"今天下以君侯为文章之司命，人物之权衡，一经品题，便作佳士。而君侯何惜阶前盈尺之地，不使白扬眉吐气，激昂青云耶！"

李白的吹，吹出了水平，吹出了高度，怎样吹自己，是一门学问，以上引文，不足百字，要吹的全吹了，要达到的目标全表达了，而且，文采斐然，豪气逼人。我绝无厚古薄今的意思，当今一些作家、诗人在包装促销、炒作高卖方面，可谓瞠乎其后。到底是大诗人，大手笔，连吹，也吹出这一篇难得再见的绝妙文章。

一个作家，写了些东西，想让人叫好，是很正常的情绪。在信息泛滥得无所适从的今天，给读者打个照会，不必不好意思，无非广而告之。适当吹吹，无伤大雅。如今铺天盖地的广告，有几份是有一说一、有二说二的呢？因此，街头吆喝，巷尾叫卖，推销产品，便属必要。所以，别人不吹，自己来吹，老王卖瓜，自卖自夸，不是什么丢人现眼的事，拉点赞助，雇人鼓掌，也不必大惊小怪。

文人好吹，当然不是李白开的头，但不管怎么说，李白的诗和文章，却是第一流的，在文学史上的地位，也是众所周知的。所以，有得吹的吹，并不是一件坏事，让人痛苦的，是没得吹的也吹，充其量，一只瘪皮臭虫，能有多少脓血，硬吹成不可一世的鲲鹏，吹者不感到难堪，别人就会觉得很痛苦了。

但是，假冒伪劣产品，由于质次价廉的缘故，碰上贪便宜的顾客，相对要卖得好些。货真价实的李白，一脑子绝妙好诗，一肚子治国方略，就是推销不出去，第一次到长安，他只有坐冷板凳的分儿。

秋坐金张馆，繁阴昼不开。空烟迷雨色，萧飒望中来。翳翳昏垫苦，沉沉忧恨催。清秋何以慰，白酒盈吾杯。吟咏思管乐，此人已成灰。独酌聊自勉，谁贵经纶才？弹剑谢公子，无

鱼良可哀。(《玉真公主别馆苦雨赠卫尉张卿二首》其一)

好容易走了驸马爷张坦的门子，以为能一登龙门，便身价十倍，哪知权力场的斗争可不是如诗人想象的那样简单。他两进长安，兴冲冲地来，灰溜溜地走，都栽在了官场倾轧、宫廷纷争之中。大概，一个真正的文学家，政治智商是高不到哪里去的，同样，一个真正的政治家，其文学才华，总是有限，这是鱼和熊掌不可得兼的事。

毛泽东曾用毛与皮的关系，比喻知识分子的依存问题。封建社会中所谓的"士"，也是要考虑"皮之不存，毛将焉附"的。李白为了找这块可以附着的皮，第二次进了长安。这回可是皇帝叫他来的，从此能够施展抱负了，虽然，他那诗人的灵魂，"安能摧眉折腰事权贵，使我不得开心颜"，不能完全适应这份新生活，只好以酒度日，长醉不醒。而李隆基分派下来的写诗任务，不过哄杨玉环开心而已。无法参与朝政，得不到"尽节报明主"的机会，眼看着"光景不待人，须臾发成丝"。最后，他只好连这份吃香喝辣的差使也不干了，终于打了辞职报告，卷起铺盖，告别长安。

本来他以为从此进入决策中枢，可以一显才智。可在帝王眼里，供奉翰林与华清池的小太监一样，一个搓背擦澡，一个即席赋诗，同是侍候人的差使。也许，他未必真心想走，说不定一步一回头，盼着宫中传旨让他打道回朝，与圣上热烈拥抱呢！我们这位大诗人，在兴庆宫外，左等不来，右等不到，只好噘着嘴，骑着驴，出春明门，东下洛阳，去看杜甫了。

这就是封建社会中的知识分子，总是处于出世与入世，在野与在朝，又想吃、又怕烫，要不吃、又心痒的重重矛盾之中的原因，也是历代统治者对文人不待见，不放心，断不了收拾，甚至杀头的原因。

第二次漫游，李白走遍了鲁、晋、豫、冀、湘、鄂、苏、浙，公元753年（天宝十二载），在安徽宣城，又写了一首感到相当失落，但仍不甘失落的诗。

> 青春几何时，黄鸟鸣不歇。天涯失乡路，江外老华发。心飞秦塞云，影滞楚关月。身世殊烂漫，田园久芜没。岁晏何所从，长歌谢金阙。（《江南春怀》）

也许，一个人的性格可能决定了他的命运，同样，一个人的命运也可能支配着他的心路历程。十年过去，无论他兜了多么大的圈子，从那首"浩歌待明月"，到这首"长歌谢金阙"，轨迹不变，仍旧回到最初的精神起点上去。

真为我们的想不开的诗人痛苦。李白应该明白，人们记住的，是你的诗，而不是别的。

当然，能让人记住你的诗，也要写得好才行，撒烂污是不行的。现在有些诗人，诗写得不怎么样，还指望有人记住，那就是感觉失灵。其实，用不了多久，那些诗就销声匿迹了。所以，一看到我的许多同行，诗写得没有李白的万分之一好，却忙忙碌碌，东奔西走，谋这个职位，求那个差使，得着，欢天喜地，笑逐颜开；得不着，呼天抢地，如丧考妣。我就想，有那精神和时间，写点东西该多好？看点闲书该多好？不写东西，也不看书，躺在草地上，四肢撑开，像一个"大"字，看天上的浮云游走，又该有多自在？

我一直在思索，若是李白死心塌地去做他的行吟诗人、云游山人、业余道人，或者大众情人，或者长醉之人，有什么不好？可他偏热衷于做官宦之人，总是心绪如麻地往长安那个方向眺望不已。

他的心中，那一份爱家爱国的执着信念，那一份立功建业的强烈愿望，还是令人感动的。尤其那一份"欲献济时策，此心谁见明"的急迫感，简直成了他的心狱。在登谢朓楼时，还念念不忘"何时腾风云，搏击申所能"。那个昏聩的唐玄宗，早把醉酒成篇的诗人忘掉在九霄云外，时隔十年以后的李白，还自作多情地"弃我去者昨日之日不可留，乱我心者今日之日多烦忧"忧国忧民不已，读诗至此，不能不为从三闾大夫起的中国文人那种多余的痴情，感到深深的悲哀。

元755年，李唐王朝的盛世光景再也维持不下去，安史之乱终于爆发，从此，大唐元气不复，走向衰弱。同样，这场动乱也将李白推到皇室斗争的政治旋涡之中，成了牺牲品。他还没有来得及弄清谁是谁非，急忙忙站错了队，便草草地于垢辱中走完生命的最后旅程。

李白当然不知最后会是个什么下场，他是个快活人，即使在逃亡避难、奔走依靠途中，不乏行吟歌啸、诗人兴会、酒女舞伎、游山逛水的快活，这是他几乎不可或缺的人生"功课"，该快活，能快活，还是要快活的。但是，诗人是个矛盾体，快活的同时，也有不快活，便是那场生灵涂炭的藩镇叛乱，他不能不激动，不能不愤怒，不能不忧心忡忡。

> 马如一匹练，明日过吴门。乃是要离客，西来欲报恩。笑开燕匕首，拂拭竟无言。狄犬吠清洛，天津成塞垣。爱子隔东鲁，空悲断肠猿。林回弃白璧，千里阻同奔。君为我致之，轻赍涉淮源。精诚合天道，不愧远游魂。（《赠武十七谔》）

他那诗人的灵魂，总不会与国家的沦亡、民族的安危了无干系的，他不可能不把目光从酒杯和女人的胴体上移开，关注两淮战事与河洛安危，"抚剑夜吟啸，雄心日千里""中夜四五叹，常为大国忧"，河山灰烬，社稷倾圮，爱国之情，报国之心，还是使得这位快活的诗人不快活，夜不能眠，起坐徘徊。

所以，为李白辩者，常从这个共赴国难的角度，为他应召入永王幕表白。但那是说不通的，很难设想关心政治的李白，会糊涂到丝毫不知这个握兵重镇的李璘正在反叛的事实。他之所以走出这一步，是经过了深思熟虑的。我认为大唐王朝建国初期的玄武门之变，这个历史上的特例，对诗人的那根兴奋了的迷走神经来说，是一种隐隐的，说不出口，可又时刻萦注在心的强刺激。他心中有个场，就是在决胜局尚未揭晓之前，既没有胜者，也没有败者，谁知这位皇子，会不会是第二个李世民，明天的唐太宗呢？

诗人是以一个赌徒的心理，押上这一宝的。他哪里想到，这一步铸成他的大错，这一错加速他的死亡。

当他被李璘邀去参观那一支王牌水师，走上楼船的甲板时，官员们呐喊欢呼，列队欢迎，水兵们持兵致敬，恭请检阅。穿上军衣，戴上军阶，挎上军刀，行着军礼的李白，总算体验到一次运筹帷幄之威风，指挥统率之光荣，顿时间，忘乎所以，啸歌江上，脑袋发热，赞歌飞扬，把身边的野心家，当成明日之星，大发诗兴，一下子泉涌般地写了十一首颂诗。

马屁得也太厉害点了，诗人哪，你也太过分了吧！这实在有点破天荒，当年，李隆基点名请他赋诗，才写了三首《清平调词》。

> 三川北虏乱如麻，四海南奔似永嘉。但用东山谢安石，为君谈笑静胡沙。(《永王东巡歌》其二)

他也不掂掂分量，就把自己比作指挥淝水之战的名将。牛皮之后，又别有用心地暗示李璘。

> 龙蟠虎踞帝王州，帝子金陵访古丘。春风试暖昭阳殿，明月还过鳷鹊楼。(《永王东巡歌》其四)

最后，则认为天下已定，佐驾有功，就等着永王璘记公司的老板给他分红了。

试借君王玉马鞭，指挥戎虏坐琼筵。南风一扫胡尘静，西
入长安到日边。(《永王东巡歌》其十一)

一个本来"安能摧眉折腰事权贵"的诗人，现在，成为政治上
的糊涂虫，这种文人见木不见林的短见，太实用，也太庸俗的功利
主义，真不禁为误入歧途的大诗人李白叹息。

公元756年（至德元载）七月，太子李亨即位于灵武，十二
月，一看没戏的永王李璘，公开打出反叛旗帜，割据金陵。永王
率水师东下，经浔阳，从庐山把诗人请了下来。政治家有时需要文
学家，只不过起个招牌作用而已，李璘举事，民心不附，当然要用
这样一位名流作号召。诗人有其天真的一面，当真想象他就是东
晋的"斯人不出，如苍生何"的谢安，胡子一撅一撅，下山辅佐王
业去了。

其实，李璘集结军队，顺流而下，分兵袭击吴郡、广陵，已引
起江南士民的抵抗，李白是清楚的。急于扩大地盘、另立中央的行
径，几乎没有州县响应，更无名流支持，李白也是了解的。否则就
没有犹豫再三，最后经不起敦劝和诱惑，才入幕为宾的过程。

他哪里想到，那个刚登上皇位的李亨，一见后院着火，大敌当
前也顾不得了，抽出手来便狠狠地收拾他的兄弟。二月份在镇江的
一场激战，曾被诗人歌颂过的英武水师，被打得溃不成军，诗人至

此，吃什么后悔药也来不及了。

李白先是亡走彭泽，后被捕，下浔阳狱，待定罪。幸好，得到御史中丞宋若思的营救，取保释放，免受牢狱之灾。出于感激，赶紧写了一首题目很长的诗，《中丞宋公以吴兵三千赴河南军次寻阳脱余之囚参谋幕府因赠之》，献上去。我们应该体谅他的这一举动是不得不一为之了。

　　　独坐清天下，专征出海隅。九江皆渡虎，三郡尽还珠。组
　　练明秋浦，楼船入郢都。风高初选将，月满欲平胡。杀气横千
　　里，军声动九区。白猿惭剑术，黄石借兵符。戎虏行当翦，鲸
　　鲵立可诛。自怜非剧孟，何以佐良图。

所以把这首泛泛的诗作，抄录出来，因为我实在怀疑，是不是原来打算献给永王的？如果那个野心家真的坐江山的话，这不是一首写他创业建功的现成的诗吗？

这世界上有的是小人，而皇帝有可能是最大的小人，这期间，李白还请托过大将军郭子仪，为他在陛下那里缓颊，"表荐其才可用"，但李亨很生气诗人一屁股坐在他弟弟那边，为他写诗，而不为自己写诗。那好，长放夜郎，让你明白站队站错了，必须付出代价。最可笑的，那个主犯李璘，没有定罪，而从犯李白，李亨却不肯原谅。李亨不保他，谁保也不行，诗人保外的日子很快结束，最后，给他定了"从璘"罪，流放夜郎。

《旧唐书》为史家著，对于李白之死，是这样写的："永王谋乱，兵败，白坐长流夜郎。后遇赦得还，竟以饮酒过度，醉死于宣城。"《新唐书》为文人撰，对于同行多所回避，连醉也略而不谈了。但从宋人梅尧臣诗《采石月赠郭功甫》说："醉中爱月江底悬，以手弄月身翻然。"宋人陈善《扪虱新话》记苏东坡赠潘谷诗句："一朝入海寻李白，空看人间画墨仙。"元人辛文房《唐才子传》："白晚节好黄老，度牛渚矶，乘酒捉月，沉水中。"李白醉酒落水而死，杜甫过食牛肉而亡的传说，却在民间一直流传至今。中国文人的非正常死亡，这是两个经常提及的例证。有一说，诗人醉酒泛舟江上，误以为水中月为天上月，俯身捉月，一去不回。有一说，诗人看到江上的月影，以为是九霄云外的天庭，派使者来接他上天，遂迎了过去，跃入江水之中，有去无归。

大鹏飞兮振八裔，中天摧兮力不济。余风激兮万世，游扶桑兮挂石袂。后人得之传此，仲尼亡兮谁为出涕。(《临路歌》)

这是他最后一首诗作，这个一辈子视自己为大鹏，恨不能振翅飞得更高的诗人，忘了万有引力这个规律，终于还是要重重地摔落在地上的。诗人最后选择了投入江水怀抱中的这个办法，也许他想到老子那句名言："上善若水。"这个结局，说不定能给后人多留下一点遐想的余地。

▼ ○

总为从前作诗苦

中国人谈诗，离不开唐诗，因为那是中国诗歌史不可逾越的巅峰。

同样，谈到唐诗，泛泛地谈也好，具体深入地谈也好，是离不开李白和杜甫这两位大诗人的。

郭沫若先生在"文革"期间，一时兴起，写了一本题为《李白与杜甫》的小册子。他选择这两位诗人来大做文章，恰好说明李白和杜甫，代表着盛唐诗歌的极顶状态，代表着中国这个诗歌王国的最高成就。

要想读中国诗，必李白、杜甫不可，而要想写好中国诗，尤非李白、杜甫不可。清人吴伟业说过："诗之尊李杜……此犹山之有泰、华，水之有江、河，无不仰止而取益焉。"作为文人，被盛评为泰山、华山那样巍峨，被美誉为长江、黄河那样浩瀚，推崇到这等高度，可谓至尊至极了。而且，千年以来的历史也证实，不论朝代之更迭，不论时光之变迁，其生命活力的永存，其美学价值的常在，成为中华文化的瑰宝，成为中国人的精神财富，大概称得上真正的不朽了。

时下，不朽这个词已被用滥用臭，也许因为物质社会的缘故，什么都可以拿钱买到，花上几两银子，不费吹灰之力，就能弄一个不朽的桂冠头上顶着，招摇过市。所以，当前文坛上，那些声称不朽者，已经不朽者，早就不朽者，不朽得一塌糊涂者，已经是车载斗量，不可胜数，真是让我们既惊讶又痛苦，这就是中国当代文人的没出息了。文人写作，无非下列四者：一、为自己写，得到舒解；二、为情人写，得到芳心；三、为需要你写的人写，得到报酬；四、为一个政治目的去写，得到补偿。没有一个文人是为五十年后的读者、一百年后的读者去做这种无回馈的劳动的。所谓追求不朽，说到底，还是在意当下的口碑，于是，功夫在诗外，文学遂成一些文人的炒作活动。

余生也晚，民国和清以前的中国文人，怎样厚颜无耻地营造不朽，已不得而知。但当代的作家、诗人，为了活着能够瞻仰自己的不朽，忙不迭地给自己立纪念馆，开纪念会，出纪念文集，接受纪念者顶礼膜拜。这也是文学界近些年来屡见不鲜的新闻。

在这方面的始作俑者，首推几位老的、少的，居住在京、津、冀一带的乡土作家，他们张罗得最起劲、最积极，也最有成效。可千里搭长棚，没有不散的筵席，黄花菜一凉以后，不朽也随之泡汤。虽然，那些纪念他们的庙宇，形同孤坟寡鬼，还在他们家乡土地上矗立着，可也终于难逃蛛网结门、香火寂寥、门可罗雀、草蒿满庭的命运。

求不朽，是我们中国人长期以来，受到孔孟之道的立德、立言、立功的影响所致，活着追求声名，死后想要不朽，已成为知识分子的一种情结。有点名气的文人，魂牵梦萦着不朽；没什么名气的文人，也情不自禁着不朽。这不朽。遂成为文坛上很多同志坐卧不宁、寝食不安的心病。

其实，所有的表面文章，所有的轰轰烈烈，结果无不是镜花水月，过眼烟云。因为，视眼下中国文学尚未成器的进展状况，套用一句"三岁看大，七岁看老"的俗谚，在可以预见的时间，在可以预期的将来，不可能出现不朽，连沾点边也没门。《国语·鲁语下》有这样一句话："沃土之民不材，淫也；瘠土之民莫不向义，劳也。"是很有道理的。在物质欲望膨胀、精神世界萎缩的社会风气之下，吃得肥头大耳，喝得脸红眼直，美女左拥右抱，钞票上下其手的当代英雄们，指望他们写出不朽之作，岂不是在做白日梦？

什么叫作不朽，重温一下唐人李阳冰在《草堂集序》中，对于诗人李白的评价，便略知一二了："自三代以来，风骚之后，驰驱屈宋，鞭挞扬马，千载独步，唯公一人。故王公趋风，列岳结轨，群贤翕习，如鸟归凤。"这"千载独步，唯公一人"的褒誉，历数新时期文学开始以来，或者再往前推一推，五四新文化运动以来，可有一位作家、一位诗人，当得起这八个字？

看起来，假不朽者才斤斤于不朽，而真不朽者，倒并不介意不朽。

即使在开元、天宝年间，这两位诗人，正如日中天似的创造文学史之不朽之际，蜚声宇内，扬名海外，甚至连唐玄宗也买诗人的账，偶尔"爱卿长，爱卿短"的很是给足面子的。但无论李白，无论杜甫，都不曾向李隆基开口，要求在家乡盖个李青莲文学馆，或者杜子美文学馆。虽然，如今成都市区里，有间清幽雅洁的杜甫草堂，我估计，十有八九，是后人附会的。

他们没有想到这一点。也许想到了这一点，不过，可能觉得很没劲，很无聊，便随它去了。朽，或者不朽，那是后人的事，而且是很远很远以后的后人的事，用得着操心吗？不朽者，自会不朽，非不朽者，即使给自己作品每个字，都镀上一层金箔，待到时光消磨掉最后的色彩，还不是成为一堆文学垃圾。

所以，目前形形色色的不朽，不过是跳梁丑剧的表演罢了。这其中，小闹闹者，闹在文坛，属于气血两虚，心浮气躁；大闹闹者，闹在社会，则是歇斯底里，近乎癫狂；而那些上了年纪的老闹闹者，闹到大学里去，已经朽木不可雕也，还求孔夫子三千弟子、七十二贤人的不朽，则绝对是日暮途穷、倒行逆施的行为了。

真正的不朽，对真正的天才而言，大概是用不着去闹，天上自会掉馅儿饼的。

回到郭老那部大作的本题上来，我们通常并称李杜，其实这两位诗人，除了不朽这个共同点外，李是李，杜是杜，浑不是一回事。

李白（701—762），号青莲居士。绵州昌隆人，祖籍陇西成纪，一说其祖先为西域碎叶人。"五岁诵六甲""十岁观百家""十五观奇书，作赋凌相如"，天才早熟。24岁出蜀，仗剑行吟，遍游天下。42岁，由道士吴筠荐，至长安，玄宗用为供奉翰林。后受宦官排挤，遣金放还。安史之乱时，入永王李璘幕。因争夺帝位，兄弟阋于墙，永王叛乱，为肃宗所败。李白因站错了队，被定罪流放夜郎，中途遇赦。61岁，代宗朝平反，往依当涂县令李阳冰，62岁卒。也有一说，因精神失常，泛舟江中，跃水而亡。

杜甫（712—770），字子美。巩县（今河南巩义）人，祖籍襄阳。"七龄思即壮，开口吟凤凰，九龄书大字，有作成一囊"，少壮成名。35岁以前，游历江淮齐鲁，后入长安，应科举考试，不得售，潦倒十年，徜徉江湖。44岁，安史之乱中被乱军裹挟，后脱身至灵武，肃宗授以左拾遗。后被贬，弃官入蜀，入四川节度使严武幕，荐为检校工部员外郎。严武死后，无所傍依，遂东下夔州。59岁，再经湖北入湖南，因贫病交加，死于耒阳湘江舟中。另有一说，由于饥饿，过量食牛肉暴毙。

总而言之，李白、杜甫的差别在于前者的公关面多为宫廷权贵、名流高士，看他的诗，一派富贵气象，盛唐雄风；后者的接触面，基本上都是社会底层、草根人物，他写的诗，多为民间疾苦，沉痛呻吟。从贵族世家走出来的李白，是一个抱着宏图大志，力求飞黄腾达，永远不安于位，永远力争上游的强者。而出身寒微的杜甫，仕途蹭蹬，发达无望，长期处于不得意的状态下，是一个欲振作无力、常发奋屡挫折的弱者。

因此，这两位诗人沿着自己的轨迹，走上不同的生活道路。李是理想主义者，杜是悲观主义者。李是永远的乐天派，杜是艰难的谋生人。李敢于说大话，敢于冒风险，是某种程度上的自大狂，投机政治，不计后果，终于为押牌不准，而付出一生。杜谨小慎微，步步为营，其实是一个入仕无门、落拓穷困的潦倒者，尽管忠忧唐室，尾追玄宗肃宗，疲于奔命，队倒是站对了，可得到的这个八品之官，微末到极点，官饷也吃不成，到底贬谪迁徙，在蹉跎中走完了人生旅程。

因此，这两位诗人，虽并名为李杜，却有着鲜明的不同。

看他们的创作状态：一个天马行空；一个脚踏实地。

看他们的精神面貌：一个神采飞扬；一个愁眉苦脸。

看他们的写诗主旨：一个提倡浪漫主义；一个主张现实精神。

看他们的情感寄托：一个陶醉醇酒妇人；一个在意妻儿老小。

看他们的人生抱负：一个梦想"为君谈笑静胡沙"，期望异常之高；一个只能"日暮聊为《梁父吟》"，欲念相当之低。

看他们的心路历程：一个是"仰天大笑出门去，我辈岂是蓬蒿人"，一旦得意，自我感觉立刻良好得不得了；一个是"同学少年都不贱，五陵衣马自轻肥"，颠沛流离，心情始终是相当郁闷和自卑。

看他们的终结追求：一个仰面朝天，努力攀登，心比天高，

"揄扬九重万乘主"，是要入阁拜相，问鼎当朝的；一个眼睛向下，扎根泥土，辛勤耕耘，"语不惊人死不休"，除了诗之外，他几乎再无其他了。

李白与杜甫，严格说，是不甚搭界的。

宋人李纲《杜工部集序》称："盖自开元、天宝太平全盛之时，迄于至德、大历干戈乱离之际，子美之诗凡千四百四十余篇，其忠义气节，羁旅艰难，悲愤无聊，一寓于此。"杜甫是一位心系社稷，悲悯苍生，于颠沛流离中，始终忧国忧民的诗人；而李白，以杜甫那首《饮中八仙歌》，其中四句极写李白的恣纵狂放、肆无忌惮的浪漫精神来看，"李白斗酒诗百篇，长安市上酒家眠。天子呼来不上船，自称臣是酒中仙"，则是一位充满自信，解放个性，于率真生活中，追求淋漓痛快的诗人。

因此，无论为文，为诗，为歌，更重要的是为人，李白和杜甫，可以算作两条道上的火车，很难走到一起。

然而，公元744年至745年，这两位诗人的运行轨道，有过短暂的交接。

天宝三载（744），李白与杜甫初次相遇，相识，相交往，时在东都洛阳。前两年，李白应朝廷征召入京，初到长安，即与贺知章相见，颇受推重，以贺的名望，复荐之于帝，身价倍增。玄宗"降辇步迎，如见绮皓"，授为待诏翰林，拟以擢用。这位文学明星，顿成政治明星，一时间，"王公大人恤颜色，金印紫绶来相趋"，我们这位大诗人，"中宵出饮三百杯，明朝还揖二千石"，忙碌得不亦乐乎，开心得也不亦乐乎。我替来到京城闯荡的杜甫想，少不了类似今天那些文学青年、新秀作家，来到北京，不能不向那些文学名流、评论大腕、出版巨头、编辑高手，致以崇高敬意一样，自然要想办法拜李白这个码头。

一心要匡扶王室、立志疆域的李白，不想仅仅当一个哄皇帝开心的御用文人，正跟唐玄宗李隆基闹情绪，皇帝只要他作诗，不要他干政，诗人激动之余，打了辞职报告，要求返回山林。那时的杜甫，说来也颇狼狈，科举未成，为宦不得，像在北京厮混的北漂一族，在长安、洛阳，以他的诗名，以他的才情，以他河南人那种朴质，或干谒权贵，或谋事衙门，或打杂蹭饭，或贩药求生。因此，类似科学院院士或社科院学部委员的李白，放下身段，能和杜甫来往，某种程度上说，是抬举他，杜甫很当回事，自然可以理解，李白不那么当回事，似乎也可理解。

尽管李对于杜，不怎么把这个小他十岁的年轻诗人，太放在心上。但是，《新唐书·杜甫传》称："甫少与李白齐名，时号李杜。"这种状况，我不知道在多大程度上，影响到这位待诏翰林的情绪。一般来说，文学强者对相对弱于他的对手，比较能够胸怀宽阔，而对势均力敌，存在着绝对年龄优势的对手，通常保持着一种警惧心态，也许在表面上不一定看得出来，但在心灵深处，这种戒备态势是会存在着的。对于李白与杜甫的关系，古人也好，今人也好，持两人"相知甚深"的看法的论者颇多。这些皮相之言，似有未可尽信之处。

因为，文人与文人相处，不会比狼与狼相处更融洽，我指的是心灵深处的，那些最隐藏的特别较劲的方面。

天宝四载（745），李白的报告，李隆基批了，对皇帝而言，御用文人与澡堂里的搓背师傅，与按摩院的三陪小姐一样，去了一个，还会有另一个。应该说，唐玄宗还是很欣赏李白，也未必不想予以重用，可他左右不了身边的宠幸、枕边的美人，只好"遣金放还"，让诗人体面地离开长安，一路向东走去。正好，杜甫探亲，也来到齐鲁，事有凑巧，两位诗人再次相遇于山东兖州。

也许一个遭遇挫折的人，容易现实一点，也许一个饱受不幸的人，也就在意他人的同情。天性张扬的李白，被一脚踢出长安，再多的遣散费，也安抚不了那极其自尊而受到极其屈辱的心，失落之余，杜甫的殷勤，"李侯金闺彦，脱身事幽讨。亦有梁宋游，方期拾瑶草"，便是他在这座古城里难得的温馨了，遂与杜甫有了更多的交流。

时年三十四岁的杜甫，对于长他十岁的李白，仰慕之心，不一而足。他们同行同止，同唱同和，同饮同酌，同醉同酣，似乎给杜甫留下了终生难忘的记忆。当时，还有另一位诗人高适，也和他们在一起。后来，杜甫总是在诗中提到这次齐鲁宋陈的愉快经历，"昔者与高李，晚登单父台""忆与高李辈，论交入酒垆""醉舞梁园夜，行歌泗水春"，不胜留恋。总之，仅不过短短的三年间的两次交往，敬佩其才华，膺服其诗情，钦慕其潇洒，悲悯其遭遇的杜甫，涉及李白的诗篇，计有：

《赠李白》（秋来相顾尚飘蓬）

《赠李白》（二年客东都）

《与李十二同寻范十隐居》

《送孔巢父谢病归游江东兼呈李白》

《饮中八仙歌》

《冬日有怀李白》

《春日忆李白》

《梦李白二首》

《天末怀李白》

《寄李十二白二十韵》

《不见》

《苏端、薛复筵简薛华醉歌》

《昔游》

《遣怀》等十四首诗。

尽管，作品数量的多寡，并不能决定两人情谊的深浅，但是他对李白诗作的赞美："李侯有佳句，往往似阴铿。""白也诗无敌，飘然思不群。""敏捷诗千首，飘零酒一杯。"

他对李白才华的崇拜："自是君身有仙骨，世人哪得知其故？""昔年有狂客，号尔谪仙人。笔落惊风雨，诗成泣鬼神。"

他对李白处境的理解："冠盖满京华，斯人独憔悴。""不见李生久，佯狂真可哀。世人皆欲杀，吾意独怜才。""文章憎命达，魑魅喜人过。"

他对李白流放的关注："君今在罗网，何似有羽翼？""才高心不展，道屈善无邻。"

尤其，他对李白一别以后的思念："故人入我梦，明我常相忆。""三夜频梦君，情亲见君意。"以及他的等待，他的希望，盼着"何时一尊酒，重与细论文"，仍旧回到"醉眠秋共被，携手日同行"的一天，那诗句中流露出来的痴情。

从这些诗句中，我们读到了真挚，读到了赤诚，读到"如弟兄"的感情，更读到了一个年轻诗人对于先驱者的信任、追随、忠忱、坚贞。

然而，从李白留存到后世的全部作品中，关于杜甫，只有《沙丘城下寄杜甫》和《鲁郡东门送杜二甫》两首。甚至还不若"桃花潭水深千尺，不及汪伦送我情"的那个无名之辈。他为这个很款待了他一番的好客主人，一口气写了三首诗，待遇要比杜甫高出一格。从以上小小的统计来看，大致可以想见，这两位诗人，谁在谁心中的分量，有多重，有多轻，也就昭然若揭了。

而困扰于李杜关系中的那首有争论的"饭颗山"短诗，也让我们更深入地了解到两位诗人磨合中间无伤大雅的杂音。

李白的这首《戏赠杜甫》，让我们看到他内心世界的另一面。诗如下：

> 饭颗山头逢杜甫，头戴笠子日卓午。借问别来太瘦生，总为从前作诗苦。

这四句诗，有人力辩其无，有人极证其有，几成一桩公案。

清乾隆《唐宋诗醇》确信，非李白所写，他不可能做这种事情。"白与杜甫相知最深，饭颗山头一绝，《本事诗》及《酉阳杂俎》载之，盖流俗传闻之说，白集无是也。鲍、庾、阴、何，词流所重，李、杜实尝宗之，特所成就者大，不寄其篱下耳。安得以为讥议之词乎？甫诗及白者十余见，白诗亦屡及甫，即此结语（思君若汶水，浩荡寄南征），情亦不薄矣。世俗轻诬古人，往往类是，尚论者当知之。"

清人王琦注《李太白集》时则存疑，认为有可能为李白所写。"唐《本事诗》：李白才逸气高，与陈拾遗齐名，先后合德，其论诗云：梁、陈以来，艳薄斯极，沈休文又尚以声律，将复古道，非我而谁与？故陈、李二集，律诗殊少。尝言寄兴深微，五言不如四言，七言又其靡也。况使束于声调俳优哉？故戏杜曰：饭颗山头逢杜甫云云，盖讥其拘束也。此诗又见《摭言》《唐诗纪事》云：此诗载《唐旧史》。"

我一直认为，诗人，首先是人，哪怕是不朽的诗人，诗仙也好，诗圣也好，也是和绝大多数的人一样，拥有大致相同的感情。有时候，面对某个人、某些人，面对某件事、某些事，也有可能既"仙"不起来，更"圣"不起来，有可能俗，有可能丑，甚至有可能恶的。

所以，我看到时下的报纸杂志上，对那些死去不久，或即将不久于人世的近乎仙、近乎圣的老作家、老诗人，乃至于学界巨擘、艺术大师、理论权威、媒体大亨的溢美之词，什么高风亮节啊，什么先知先觉啊，什么隐姓埋名的贡献啊，什么凡人不晓的如珠如玉的品格啊，总是似信似疑，半信半疑，忍不住要打上一连串问号的。

也许讲中庸之道的中国人，论人议事，倒常常持绝对的、偏激的、唯心的、形而上的态度。好就好得不得了，坏就坏得不可收拾，美就美到天上去，高则高到高不可攀。若是讲一点辩证法，若是用一分为二的方式，若是能够接受仙未必全仙，圣不一定皆圣的观点，若是接受伟人不可能百分之百的伟大光明正确，形势大好不等于全好更不等于永远好的看法，那么，对于尊敬的大师们虽然令我们高山仰止，但偶尔间也会失态也会小人的举止，便不以为奇了……

因此，"斗酒诗百篇""敏捷诗千首"的快枪手李白，对"语不惊人死不休"的肯下慢功夫的杜甫，酸溜溜地开个玩笑，调侃一下，宣泄一下，也就不必当回事的。

要知道，狼是接受群的，而文人，通常是不大容易接受群的。在他内心里谁也看不到的最深处，总是把自己看作老大，没有一个甘心伏低的。

▼○

白居易饮酒

诗是吟的，酒是品的。

好诗要慢慢吟诵，好酒要细细品味。吟好诗，品好酒，不但是古人，也是今人的一种美的身心享受。

不过，说来不觉有点遗憾，如今，好酒是越来越多，好诗却越来越少，酒吧是越来越贵，诗刊却越来越糟。写诗的人越来越茂盛，读诗的人越来越稀缺。于是，自二十世纪初胡适的《尝试集》倡白话诗以来，中国便成了一个有酒可品、无诗可吟的极其缺乏诗意的国度，想想唐朝，处于酩酊状态下的那些诗人，酒喝得越多，诗写得越好，该是多么令我们羡慕的了。

大约旧时诗人，懂酒、识酒、知酒，深谙酒之妙处，能从中汲取到诗的灵感，当今诗人，善饮者不少，明白酒之真谛而形诸绝妙文章者却不多。所以，在唐朝诗坛上，无论初、盛、中、晚，凡好的诗人，差不多都好酒，而且还非一般的好，是嗜好，是癖好，有的甚至到了无酒不成诗的地步。因之，诗有酒意，酒有诗情，便是唐朝诗歌的一个相当突出的特色。

据宋人叶廷珪《海录碎事·酒门》："李白每醉为文，未尝差，人目为醉圣。白乐天自称醉王，皮日休自称醉士。"可见当时诗人与酒是个怎样密切的关系了。再往远看，从曹操的"何以解忧，惟有杜康"，从陶渊明的"结庐在人境，而无车马喧"，在中国，无数好酒的诗人，写了无数出色的饮酒诗。

在中国，凡间名遐迩的好酒，都留在了诗人的作品里。无论何时，无论何地，只要捧读他们这些锦词绣句，那佳醪浓浆的口角噙香，那金盏玉杯的诗情画意，那酩酊陶然的情致风雅，那玉山倾倒的酣畅淋漓，仍令人不禁酒兴大发。

所以，好诗如好酒，耐人玩味，好酒如好诗，让人心醉。

虽然，"李白斗酒诗百篇，天子呼来不上船"，但唐代诗人中，李白写酒的诗，在数量上远不及白居易。宋人方勺在其随笔集《泊宅编》中说过："韩退之多悲，诗三百六十，言哭泣者三十首。白乐天多乐，诗二千八百，言饮酒者九百首。"看来"白乐天自称醉王"，当非虚言。读《白香山全集》，真可以说他是一位诗中有酒、酒中有诗的文学大师。

白居易（772—846），唐代大诗人，字乐天，祖籍太原，曾祖时迁至下邽（今陕西渭南北）。贞元进士，宪宗元和时，曾任翰林学士、左拾遗、赞善大夫等职。元和十年（815）在首都光天化日之下，宰相竟被军阀所派来的刺客行凶，差点送命。而朝臣慑于地方割据势力，不敢作为。诗人跳了出来，大声疾呼，上书阙廷，力主严办。结果，得罪权贵，扣他一个越职言事罪，贬为江州司马。

中国文人的脐带，系在大地母亲身上，系在民族国家身上，系在人民大众身上，你就不可能和统治者心血相通，你就不可能使统治者龙颜大悦，你就不可能不因为你的干预时政、挑战丑类、揭露败恶、批判权贵、说了些真话、道出些实情，而不遭受统治者的修理。

也许统治者日理万机，一时疏忽了你也有可能，可统治者手下的牛头马面、打手爪牙，却绝不是吃干饭的。何况这些握权者，有一种发自本能的、对于文人的集体焦虑感和排斥意识。于是，过了初一过不了十五的白居易，到底被那些嫉恨他的人，新账旧账一块算，只有捏着鼻子"出佐浔阳"。

白居易被贬江州以后，在那里编纂了他的第一部诗集，从此，诗人实际上中断了他的政治性很强、现实性很浓的讽喻诗写作。本来，他主张"文章合为时而作，歌诗合为事而作"，在诗篇中以揭示民众痛苦、揭露统治者罪恶为己任，至此，别出蹊径，独树一帜，写闲适诗，创"元和体"，成为他新的精神空间。

你可以责备他的退缩、他的软弱，但你不得不认同他这种聪明人的选择。做过斗士的人，不一定要当永远的斗士到底。我们总是以完人全人，尽善尽美，去期待谁，要求谁，指望谁，推动谁，说到底，其实这是一种残酷，一种不堪负荷的道义承担。落在谁的头上，谁也受不了。你得相信，鲁迅的《聪明人和傻子和奴才》一文，绝对是人世间的真实写照。

穆宗接位，召回长安，当时宦官猖獗，朋党倾轧，不再愣头青的白居易，不想也不敢蹚这浑水，自请外出，历任杭州、苏州刺史。文宗时曾官太子少傅，武宗初以刑部尚书致仕。晚年退居洛阳，自号香山居士，以诗酒自娱。明人王世贞看不上白居易，他说："张为称白乐天'广大教化主'，用语流便，使事平妥，固其所长，极有冗易可厌者。少年与元稹角靡逞博，意在警策痛快，晚更作知足语，千篇一律。诗道未成，慎勿轻看，最能易人心手。"（《艺苑卮言》卷四）

王世贞领衔明后七子，喜欢以领袖状指点江山，其实，他不了解，文学是要变的，作家也是要变的。不变的文学，必死无疑，同样，不变的作家，总有一天，老调子已经唱完，就该找根绳子把自己勒死了。古今中外，很多真正的作家，最后采取自杀的手段结束生命，就因为这种没有出路的彷徨所致。而当下，在我们这里，却是相反，那些大作家、老作家，根本已经写不出东西，还要硬写，还要一本书一本书地推到我们眼前，好像发誓，不逼得中国读者在阅读他们的作品时，于愤怒与痛苦中自杀，决不罢休似的，也真是中国式的今古奇观了。

也许，任何一个信口雌黄的人，任何一个站着说话不嫌腰痛的人，任何一个习惯于高调指责一切的人，任何一个其实很王八蛋却总将别人看作王八蛋的人，大可以痛斥白居易的软弱、转向、后退、认输。可是，善良的人们，怎么不能替这位诗人想一想，他为什么要冲锋陷阵，为什么要慷慨就义，为什么要奋不顾身，为什么要一往直前呢？

世界在变，时代在变，生活更在变，那么，一个聪明的不那么认死理的文人，也就不可能不变。何况他该呐喊的，也声震九霄过了，该斗争的，也挺身而出过了，他终于知道自己既不是上帝，也不是救世主，于是，换一种无伤大雅的生存方式，也是无可厚非的。

据宋人钱易《南部新书·庚》载："白傅葬龙门山，河南尹卢贞刻《醉吟先生传》立于墓侧，至今犹存。洛阳士庶及四方游客过其墓者，奠以卮酒，冢前常成泥泞。"可以想象，甚至到了宋代，人们对于这位一生嗜饮的"醉王"，对他提倡的适可而止、尽兴为善的饮酒哲学，还非常尊崇，非常仰慕。

抄录在下面的这首诗，也是他的饮酒经济学的总结。

朝亦独醉歌，暮亦独醉睡。未尽一壶酒，已成三独醉。勿嫌饮太少，且喜欢易致。一杯复两杯，多不过三四。便得心中适，尽忘身外事。更复强一杯，陶然遗万累。一饮一石者，徒以多为贵。及其酩酊时，与我亦无异。笑谢多饮者，酒钱徒自费。（《效陶潜体诗十六首》之五）

还有一首《劝酒歌》，更把人生的况味、世情的参悟，写到了极致的境地。

　　劝君一盏君莫辞，劝君两盏君莫疑，劝君三盏君始知。面上今日老昨日，心中醉时胜醒时。天地迢迢自长久，白兔赤乌相趁走。身后堆金挂北斗，不知生前一樽酒。君不见春明门外天欲明，喧喧歌哭半死生。游人驻马出不得，白舆素车争路行。归去来，头已白，典钱将用买酒吃。

一般来说，不懂酒者，无诗；不好酒者，无好诗；不善于在酒中觅得诗魂诗魄者，诗人的想象翅膀也难以高高飞翔起来。白居易，甚至到了晚年，还写下《劝酒十四首》，虽醉眼蒙眬，但对世界看得异常清晰；虽酒意盎然，但对人生保持相当清醒。诗前的那短短序文，大致可以看到这位自封"醉吟先生"的诗人，是如何沉醉于酒乡之中，而有特别冷静的思考了。

　　予分秩东都，居多暇日，闲来辄饮，醉后辄吟。苦无词章，不成谣咏。每发一意，则成一篇，凡十四篇，皆主于酒，聊以自劝，故以《何处难忘酒》《不如来饮酒》命篇。

白居易将酒、诗、琴，视作"北窗三友"，可是，在他的诗集中，写琴的诗，其实是屈指可数的，而写酒的诗，却比比皆是，荦荦大观。他的全部诗歌中，至少有四分之一与酒有关。我一直思索，诗人对于酒的这一份眷恋，这一份陶醉，这一份念念在兹，这一份情有独钟，是否与《旧唐书》称"白居易字乐天，太原人"，《新唐书》称"白居易字乐天，其先盖太原人"的籍贯有些什么联系？是否与他祖先成为山西人前，还曾策马扬鞭于大漠朔方，血管里至今仍流动着龟兹民族的浪漫精神有些什么关联？

经南北朝，到隋，到唐，民族的大融合，已经模糊了地域与民族的界限，在唐代，很有几位诗人，其出身颇具浓重的西域背景。如李白的家族源于"碎叶"说，即是一例。碎叶，今吉尔吉斯斯坦伊塞克湖（热海）以西，托克马克附近的城市，很难说李白不具突厥民族的基因。如元稹，为鲜卑族后裔，已是定论。据近人陈寅恪考证，他与崔莺莺的这段恋情，很大程度上是他用掩饰的写法讲述他和来自中亚粟特的移民女子所发生的"始乱终弃"的爱情悲剧。

陈寅恪更想象这个被诗人负心背叛的女主人公名字，应为曹九九，是一个美丽得令元稹情不自禁扑上去的酒家胡。诗人压抑不住的冲动，美女无法控制的激情，可能都是缘起边外少数民族比较发达的性腺在起作用了。用现在的语言，曹九九是来自异国他乡的打工妹，在山西永济，古称蒲州的一家酒肆中当女服务员，对于元稹的诗才、人才一见钟情并委身于他，是可以理解的，何况，有酒精在为爱情助燃。

陈寅恪称："此女姓曹名九九，殆亦出于中亚种族。考吾国自汉以来之史籍所载述，中亚胡人善于酿酒……莺莺所居之蒲州，唐代以前已是中亚胡族聚居之地……中亚胡族，肤色白皙，特异于汉族。今观《才调集》五元稹《杂思》六首之六'寻常百种花齐发，偏摘梨花与白人'，则莺莺之肤色白皙可证。由是而言，就莺莺所居之地域及姓名并善音乐等条件观之，似有辛延年诗所谓'酒家胡'之嫌疑也。"

不过，也有学人对此说法持异议。

中国之种植葡萄，始于唐，中国之酿葡萄酒，亦始于唐，这是唐太宗李世民平定西域、一统天下、民族交融的结果。而中国生产出有品牌的葡萄酒，名曰"河东乾和"，也是从山西黄河边的永济开始的，那位曹九九小姐，在她的店里用来招待情人，频频劝饮的，色如琥珀、味若琼浆、甘若蜜露、香若兰桂的葡萄酒，正是当地特产"河东乾和"名牌啊！不知为什么，山西制酒业者竟不珍惜和光大这样久远的历史光荣，而山西的文化人或许是书读得太多而呆的缘故，竟把这近乎常识的细节忽略过去，错过了多好的商机啊！

唐初诗人王绩（绛州龙门人）有一组《过酒家》，又称《题酒家壁》的诗，"竹叶连糟翠，葡萄带曲红。相逢不令尽，别后为谁空"说明晋地酿造葡萄酒业的发达；而"有客须教饮，无钱可别沽。来时长道赏，惭愧酒家胡"也说明当时山西境内确有胡人经营的酒吧，并有漂亮的胡姬陪酒。

由此可见，三晋本为酒国，白居易之不能忘情于酒，与其祖籍山西太原的因素大有干系。太原，旧属河东郡，北魏郦道元的《水经注·河水四》，还为河东郡之善酿缘起，记下了一则神奇的古老传说。

河东郡民有姓刘名堕者，宿擅工酿。采挹河流，酿成芳酎，悬食同枯枝之年，排于桑落之辰，故酒得其名矣。

由此可以想象，白氏家族在相当长的时间内，是生活在这块中原酒文化的发源地上，而从庾信的诗句"蒲城桑落酒，灞岸菊花天"，从杜甫的诗句"坐开桑落酒，来把菊花枝"，大约远自南北朝时期起，一直到隋、唐，乃至后来的宋、元，河东郡的桑落酒一直为见诸史册的公认名酒，被历代饮者所喜爱。

因此不妨推断，对白氏家族而言，耳濡目染，佳醪独抚，齿沾舌尝，尽爵毕觞，在生理基因中，遂有了这种喜酒好饮、把盏握杯的天性。所以，唐代大诗人白乐天好酒嗜饮，擅品常醉，应该与他祖籍河东郡这出佳酿的酒乡有着莫大的关系。

从古至今，山西是出好酒的省份，所谓"河东桑落酒，三晋多佳醪"，与其得天独厚的自然条件，与其丰沛富庶的天然资源，与其传统风格的酿造技术，与其历史悠久的地域文化是相辅相成的。读唐人段成式的《酉阳杂俎》，列举盛唐时期享誉域内的名酒时，河东桑落酒与剑南烧春并列。那么，到了今天，植根于山西水土的诸多名酒，以其优良的品质，以其上乘的口感，以其沁人的芳香，以其清冽的滋味，大获当代饮者的青睐，也是古代酒乡河东郡在新时代的继承和发扬吧！

白居易饮过的桑落酒，当代人是很难再有此口福了，但近代中国，山西的酒，总是榜上有名。其实我之饮酒，不能满觞，大有苏东坡《题子明诗后》一文中所说"吾少年望见酒盏而醉，今亦能三蕉叶矣"的意思。蕉叶，是一种浅底酒杯，容量不大。我就是属于这类愿意喝一点酒，但酒量有限，喝得不多，绝非主力的酒友。可是我很愿意在席间，在桌上，在小酒馆里，在只有一把花生米、一个搪瓷缸子，席地而坐的露天底下，看朋友喝酒，听朋友聊天。尤其喜欢西汉杨恽所作《报孙会宗书》，向往那"酒后耳热，仰天抚缶而呼乌乌"的激情，期待能够抒发出自己胸中块垒的热烈场面。

1957年我当了"右派"后，发配去劳动改造的第一站，就在贯穿豫西北和晋东南的铁路新线工地上。河南这边，山极高，极陡，极荒凉，山西那边，地极干，极旱，极贫瘠。那时，我劳累一天以后，铁路供应站卖的那种散酒，喝上两口，倒头大睡，曾经是解乏兼之忘掉一切屈辱痛苦的绝妙方剂。起初，瓶装的山西名酒，还在货架上放着，颇引得爱酒的我嘴馋。但打成"右派"，工资锐减，养家糊口，哪敢奢侈，也就只能远远看上一眼，聊过酒瘾而已。

身在晋地而不饮晋酒，心中总有一点欠缺的感觉。

到得二十世纪的六十年代，物资供应渐显匮乏之际，别说瓶酒，连散酒也难以为继了。一次偶然的机会，我也记不得是属长治市管，还是归长子县管的两地交界处的小镇上，一家已经没有什么货品可卖，只摆放着牙膏、牙刷的供销社里，居然在货柜底下，我发现还放着一瓶商标残损的名酒。当我倾囊倒箧，连硬币都凑上，将这瓶酒拿到手，对着冬日的太阳，那琼浆玉液的澄澈透明，当时，我的心真是醉了。

而将这天赐良机、不期而得的佳酿，带回到工棚，与我那些同吃同住同劳动的工友，共享这份快乐时，他们也都喜不自胜。人总是在没有的时候，才体会到有的可贵，人总是失去以后，才知道拥有的价值。那瓶酒，在人们手中传来传去。冬天，晋东南的丘陵地带，夜里干冷干冷，寒号鸟叫得人心发怵，帐篷里尽管生着炉子，也不免寒气逼人。不过，这瓶酒，却经过一只只手握过来，透出温馨，透出暖意，尤其后来打开瓶，酒香顷刻间将帐篷塞满，那时，尽管酒未沾唇，我的这些工友们就先醉成一片了。

　　说来好笑，当辛酸成为历史，也就不觉其苦涩了。那时，几乎没有别的下酒物，你有再多的钱，也买不到任何可吃的东西，有人从炊事班讨来一些老腌咸菜，蔓菁疙瘩，一个个吃得那么香，喝得那么美，成为相当长的时间内一个回味不尽的话题。

　　不过只是一瓶酒，却能焕发出人们心头的热。

　　他们知道那时的我是"右派"，也知道我曾经是作家，而且因为写什么小说被打下来的。于是有人问，老李，你不是说过好诗如好酒，好酒如好诗吗？你不来上一首？

　　我一愣，我还有诗吗？我灵魂深处还能发掘出来一星半点的诗意吗？

　　尽管我马上想起来白居易的"唯当饮美酒，终日陶陶然"的诗句，可我却"陶陶然"不起来，尽管那倒在杯子里的酒，芬芳扑鼻，馨香无比，其味佳醇，其韵悠远，但在那种政治境况下，唯有愁肠百结，只剩满腹悲怆，哪有诗意存在的空间，哪有诗兴挥发的余地，真是愧对佳醪，辜负琼浆，竟一句诗也写不出来。

不过，我倒也并不遗憾，因为在那个年代里，在那个寒冷的冬夜里，那瓶使人们心头熊熊燃起来的好酒，那一张张把我当作朋友的脸，在我的全部记忆中，却是最最难忘的一首好诗。

▼○

登高一呼韩昌黎

唐贞元十八年（802）五月，时值仲夏，风光明媚，初露头角的韩愈，作华山游。

那年，他35岁，正是意气风发的好年纪，何况刚刚拿到太学里的四门博士委任状，情致当然很好。虽然四门博士，约相当于今天的研究员，在冠盖满京华的长安，属较低职位，不为人待见。正如时下有的人在名片上标出"一级作家"字样，会有人因此将他或她当作一盘菜吗？不过，京师官员的身份，对一个苦熬多年的文士来说，也算讨到一个正果。做一名公务员，唐时和现时差不多，在有保障这一点上，总是值得欣慰的事。

他从唐贞元二年（786），来到京师应试。那是当时的全国统考，要比当下的高考难上十倍，他用六年工夫，一连考了三次，都以名落孙山告终。直到唐贞元八年（792）第四次应试，老天保佑，得中进士。随后，他又用了十年工夫谋官，因为中了进士，不等于就可以到衙门做事，还要参加遴选官员的考试，考上以后，成为公务员，方可留京或外放。唐代的科举，一方面要有学问，一方面要靠关系，后者比前者甚至更重要些。韩愈是个弱势考生，一无门第背景，二无要人荐举，不过他有性格偏强的一面，相信自己的本事，三次参加吏部博学鸿词科会试，结果三次扑空。不认输的韩愈接着上书宰相，陈述自己的能力和品格，足堪大用，求其擢拔，不知是宰相太忙，还是信未送达，写了三次信，都石沉大海。看来命也运也，难以强求，失望之余，退而求其次，便设法到地方上，谋一份糊口的差使。

正好，宣武军节度使董晋赴任，需要人手，他投奔而去，在其手下任观察推官。后来，董晋病故，他又转到武宁节度使张建封属下任节度推官，不久，张建封也病故了，不走运的韩愈连一个小小的法官或者推事，也干不成，只好回到洛阳赋闲。总而言之，从贞元二年到贞元十八年，他有一首《将归赠孟东野房蜀客》的诗，其中一句"倏忽十六年，终朝苦寒饥"，读来十分辛酸。不过，文学讲夸张，诗歌讲比兴，难免浮泛的成分，可信，也不能全信，韩愈的日子不算好过，确是事实。所以，韩愈这一生，怕穷是出了名的，一篇《送穷文》，大谈穷鬼之道。金代王若虚讽刺过他："韩退之不善处穷，哀号之语，见于文字。"还奇怪他："退之不忍须臾之穷。"韩愈发达以后，很会搂钱，渐渐富有，一直富到流油的地步，唐人刘禹锡这样形容："一字之价，辇金如山"，稿酬之高，骇人听闻，但有了钱的他，为人也好，为文也好，仍旧哭穷不止。

现在，已查不到他怎么谋到四门博士这位置的，但可以查到"国子监四门助教欧阳詹欲率其徒伏阙下，请愈为博士"（见《年谱》）这样一条花边新闻。看来，他有群众，他有声势，甚至还有舆论支持，说明他颇具能量，挺能折腾。竟然蛊惑国子监的师生一众，聚集紫禁城下，伏阙示威，要挟最高行政当局，必让德高望重的韩先生来教诲我们，不然我们就罢课罢教。学运从来是让领导人头疼的事，也许因此，韩愈得以到太学里任四门博士一职。这说明十六年他漂在长安，混得不错。穷归穷，诗归诗，苦归苦，文归文，声望日高，人气颇盛，否则，众多太学生也不会成为他的铁杆粉丝。

一个有才华的文人，不使劲折腾是出不了头的，韩愈的一生，证明这是条真理。话说回来，你没有什么才华，或者有点子才华也不大，还是不宜大折腾，因为要折腾出笑话来的。同样，你确有才华，确有本事，你要不折腾，对不起，你就窝囊一辈子吧！在整部文学史中，所谓的文坛或文学界，无论过去、现在、将来，总是一块既得利益者和未得利益者充满矛盾和进行斗争的地盘。凡既得利益者，因为害怕失去，无不保守求稳，循规蹈矩；努力压住后来者的脑袋，不让他们出头；凡未得利益者，因为没有什么好失去的，无不剑走偏锋，创新出奇，想尽办法，使出吃奶的劲，踢开挡道者，搬开绊脚石。看来韩愈成功的"葵花宝典"，奥秘就在于他始终以先锋、新潮、斗士的姿态出现。

应该说，要想在文坛立定脚跟，要想在文学界发扬光大，第一领先，走前一步；第二创新，与人不同；第三折腾，敢想敢干，这是生死攸关的说不上是秘诀的秘诀。哪怕用膝盖思索，用脚后跟思索，也该明白，延续前人的衣钵，前人的影子会永远罩住你；跳出前人的老路，没准能够开辟自己的蹊径。一个人，即使对自己的亲生父母，也不会甘心一辈子扮演乖宝宝的角色，何况有头脑、有思想、有天赋，因此不安于位的文人呢？所以，一个青年作家，若总唯唯诺诺于文学大师，点头哈腰于资深前辈，鞠躬如仪于理论权威，烧香拜佛于文学官员，是绝对不会有出息的。不敢说不，不敢逆反，跟着一帮文学木乃伊走下去，结果成一具文学僵尸，那是必然死定了的事情。

在韩愈之前，有一个叫陈子昂字伯玉的人，在中央政府任职，颇受武则天赏识，授麟台正字（相当于国务秘书）。因他见解睿智，能力出色，敢出奇牌，行为独特，那女皇帝用他又疑他，关过他又放了他，曾擢至右拾遗，也曾一抹到底解职归乡，将他抛弃，最终，诗人竟遭到一个小小县令构陷，瘐毙狱中。死时只有四十多岁，实在令人惋惜。当初，他从四川射洪来到长安为官，这个慷慨任侠、风流倜傥的文人，很快成为那些活跃的、时代的、风头的、逆反的、非僵尸型同行的核心人物。长安很大，比现在的西安大十倍，没有公交，而且夜禁，天一黑，就实行戒严，这一伙潮人，吃喝睡住，成天厮混在他身边。陈子昂不甚有钱，但敢花钱，这与韩愈有钱还哭穷正好相反，经常邀朋聚友，高谈阔论，文学派对，座无虚席，或评弹文坛，或刻薄权威，或笑话同行，或索性骂娘。因为，初唐文人仍旧宗奉"梁陈宫掖之风"，骈文统治文坛，而为唐高宗文胆的上官仪，以宫廷诗人的身份，所写的轻靡藻丽的诗篇，竟成为时人竞相仿效的"上官体"，流行一时。陈子昂相当恼火，什么东西，老爷子这种"彩丽竞繁而兴寄都绝"的玩意儿怎么能够大行其道呢？于是，他和他的文友，酒酣耳热之余，拍案乱喷狂言，对主持文学领导层面的要员表示不敬也是可以理解的。

有一次，到幽州出差，登蓟北台，朔风呼啸，山海苍茫，天高地阔，心胸豁朗，这是陈子昂在巴蜀盆地、河洛平原绝对欣赏不到的大气派、大场面。他马上想到当时那种很不提气、很不给力的花里胡哨、空洞无物、精神萎靡、情志衰颓的文字，马上想到承继着六朝以来，骈偶浮艳、华而不实、毫无生气可言的文风，马上想到这一切与盛世王朝绝对相悖的文学状况，马上得出"文章道弊五百年矣，汉魏风骨，晋宋莫传"的结论。在这样的大时代里，读不到震撼灵魂、振奋人心的大块文章，真是好不爽，好不爽啊！于是，脱口而出，写下这四句名诗："前不见古人，后不见来者，念天地之悠悠，独怆然而涕下。"这首诗几乎无人不知，解释者也其说不一，其实，陈的这首吊古伤今的《登幽州台》，并无悲天悯人之意，而是充满着诗人对于当时文学走入绝境的忧虑。这四句诗，是领风气之先的文学呼唤，具石破天惊的警醒意义，从此揭开唐代文学运动的序幕。

韩愈有一首《荐士》诗，其中一句"国朝盛文章，子昂始高蹈"也认为陈子昂是唐代最早提倡文学改革的先锋。从陈子昂到韩愈，约一百年间，尝试文学改革的人士，络绎不绝。包括初唐四杰之一的王勃，他的《滕王阁序》是多漂亮的一篇骈文啊，即使这样一位大手笔，他也认为唐代文风，没有什么起色，"骨气都尽，刚健不闻"，让他感到沮丧。同期还有萧颖士、李华、颜真卿、元结诸人，用散文写作，推动改革。但改骈为散的努力，一直未成气候，有什么办法呢？文学老爷的厉害，就在于他要掐死你，易如反掌，你要推动他，比撼山还难。上官婉儿的祖父，除了武后能收拾他，一帮文学小青年徒奈他何？直到韩愈打出复古旗帜，加之柳宗元、刘禹锡、白居易、元稹、李翱、皇甫湜等志同道合，才终结了宋齐梁陈以来的软文学。

软文学并非绝对不好，历史的经验告诉我们，文学的发展，总是要与时代的发展同步，它俩是命运共同体，两者有时吻合一点，有时疏离一点，但背道而驰是绝不可能的。时代变了，文学也得变，辛亥革命以后的五四运动，取白话文，去文言文，这一场仅仅是书面语言的改变，竟比民国后剪掉辫子，更让国人震动，这也是时代变了，上层建筑势所必然得去适应；同样的道理，当下中国读者为了期待与我们这个伟大时代相匹配的伟大作品，而恨铁不成钢地鞭策当代作家之不振作、不成器，痛斥那些文学瘪三，制造出无数的文学垃圾，如陈子昂一样地吼出，"念天地之悠悠，独怆然而涕下"地大放厥词，话也许不甚中听，但催促我们这个民族的壮丽史诗产生，期待我们这个国家的鸿篇巨制出现，热忱之心，情急之意，是应该得到理解的。

现在来说攀登华山的韩愈本人，他生于唐代宗大历三年（768），逝于长庆四年（824），享年五十七岁，字退之，邓州南阳人，后迁孟津（今河南焦作孟州市）。自谓郡望昌黎，世称韩昌黎，因谥文，又称韩文公。他还有一个不见诸典籍的响亮头衔，为唐宋八大家的首席。唐宋两朝，乃中国文学的黄金时代，文人如满天星斗，璀璨夺目，作品如大海涌涛，波澜壮阔。就在这成百上千的杰出人士中，选了韩愈、柳宗元、三苏、欧阳修、王安石、曾巩这八位为大家，这是何等崇高的褒誉？我们知道，诺奖每年一个，而近八百年的唐和宋，就选了这八位，平均下来，每一百年才有一位，这就意味着八大家的每一位，等于得了一百个诺贝尔文学奖。首席韩愈，成为"百代文宗"，也就顺理成章地印刻在中国人的记忆里。

如果你问任何一个中国人，你读过古文吗？如果他点头，这就意味着他知道韩愈，知道唐宋八大家，这是稍通文化的中国人最起码的文学常识。如果你问任何一个外国人，你知道诺贝尔奖吗？如果他点头，你要是让他一口气，不查资料，不点谷歌，能说出八位获奖者的名字和代表作，估计张口结舌者多。唐宋八大家的说法，始自明代，有一个叫茅坤的选家，编了一部《唐宋八大家文钞》，将韩愈名列领衔位置，一直为世人所首肯，延续至今，无人异议，这大概是真正的不朽了。近年来，追求不朽，成了某些同行的心病，一些还健在的、有点子成就的作家，一些刚逝世的、有点子名望的作家，便来不及地在家乡盖庙建祠，树碑立传，香烛纸马，供奉鼓吹，以示不朽。其实，文学史这把尺子，以数年计，以数十年计，而不是数百年来测量不朽，往往是不准的。新时期文学三十多年以来，从轰轰烈烈，到一蹶不振，从光芒四射，到了无声息，一串一串的大师，一出一出的闹剧，一批一批的不朽，一堆一堆的泡沫，都是我们大家躬逢其盛、亲眼看见过的。

如今，已成为广东潮州的一个景点的韩祠，又称韩文公庙，却有值得人们思考的地方。唐代文学大师的庙，到隔朝宋代才修，说明古人对不朽一词的慎重。这座宋真宗咸平二年（999）兴建的庙，离韩愈逝世的唐代长庆四年（824），已有175年的时间跨度。是真金白银，是废铜烂铁，是骡子，是马，经过近二百年的过滤沉淀，朽或不朽，自有公论，板上钉钉，毋庸置疑。由此来看，肉眼凡胎的我们，对于同时代文人和作品的判断，难免有藕断丝连的感情因素，再加之炒作、起哄、鼓吹、抬轿，云山雾罩，扑朔迷离，薰莸不分，泥沙俱下，弄得读者无所适从，莫衷一是，远不如时间老人那样看得准、看得透的。所以，在跟班和跑腿的马屁簇拥下，在虚荣心和麻木感的微醺懵懂中，那些建纪念馆以求不朽的同行，自封不朽，贻人笑柄，人捧不朽，更是笑话。再说，不朽又不是小笼包子，需要趁热吃，至于那么急着加冕吗？！该不朽，谁也挡不住你不朽，不该不朽，你即使如明末魏忠贤盖三千生祠，最后不也土崩瓦解了嘛！

　　韩愈这个名字，之所以在中国文学史上占有一席之地，其来有自，因他是一个具有开创意义的人物。那些活着的和死去的盖文学小庙者，可曾有创新、领先、走在时代前面，令文学面貌一变的努力，并能在文学史上留下一笔吗？如果回答为否，这种一厢情愿，以为树一个牌位，挂两张旧照，放几本著作，存数册手稿，就会永远被后人记住，那也忒自作多情了。

　　唐代的古文运动，说到底，是把丢掉的东西重新捡起来，所以又称之复古。不过，韩愈并非全盘照搬地复古，而是在继承古文传统的基础上，创造出全新的散文文体。虽然他主张"破骈为散"，恢复两汉以来司马迁、扬雄的自然质朴的文体，但他更主张"师其意不师其辞""言贵独到""能自树立""辞必己出""文从字顺""惟陈言之务去"。然而，去陈出新，谈何容易。所以，他在《答李翊书》里说，创新是"戛戛乎其难哉"的事情，问题还在于新生事物，不但不会得到习惯势力、保守思想的接纳，更会被抵制、被非难，甚至受嘲笑、受打击。但他坚信，只要能够"处心有道，行己有方"，顶住压力，冲锋陷阵，古文运动的这场改革，在他看来，只要"用则施诸人，舍则传诸其徒，垂诸文而为后世法"地坚守阵地，倒下再起，总是能够荡涤浮华、扫尽艳丽，而奠定唐代古文基石的。

　　韩祠建成以后，又数十年，对韩愈崇拜之至、褒美之至的宋人苏东坡，撰写了一篇激情洋溢的碑文，现在，在潮州韩文公祠里，还保存着这块碑石。其中赞他"匹夫而为百世师，一言而为天下法，是皆有以参天地之化，关盛衰之运"，以及"独韩文公起布衣，谈笑而麾之，天下靡然从公，复归于正，盖三百年于此矣。文起八代之衰，而道济天下之溺，忠犯人主之怒，而勇夺三军之帅。此岂非参天地，关盛衰，浩然而独存者乎？"评价之高，可以说是登峰造极。宋人司马光在其《答陈司法师仲书》说到韩愈，有"文章自魏晋衰微，流及齐、梁、陈、隋，羸惫纤靡，穷无所之。文公杰然振而起之，如雷霆列星，惊照今古"等文字，也是臻于极致的赞美。

钱钟书在《谈艺录》里，对宋代高抬韩愈的现象，有过一番讽刺："韩昌黎之在北宋，可谓千秋万岁，名不寂寞者矣……要或就学论，或就艺论，或就人品论，未尝概夺而不与也。"

其实，北宋追捧韩愈，是一种必然，北宋立国以后，到真宗、仁宗之际，适与陈子昂《登幽州台》问世时的唐代，从贞观之治，到武后临朝，同处于盛世光景的辉煌中。因此，对于前朝文学遗产的扬弃，对于当代新兴文学的建立，遂成迫切的要务。而北宋所承接五代文学，除了绵软无骨的花间词，便是空泛无物的西昆体，可谓乌烟瘴气，不成气候，与前朝的"梁陈宫掖之风"，浮艳骈偶之文有得一拼。于是，以韩愈为样板，欧阳修、尹师鲁奋起拨乱反正，加之司马光、王安石、三苏、两曾等的创作实践，使文学重归于正道。唐宋八大家，唐二宋六，证明宋代散文的发展，要进步于唐。

北宋的诗文革新，也是在阻力多多、障碍重重的进程中前行。

嘉祐二年（1057）欧阳修以翰林学士身份，主持进士考，选了苏轼、曾巩一批务实的、不作花哨文字的新秀，而将时望所归的好浮艳、尚华丽、讲形式、乏内容的考生除外，因为他们的文章绣腿花拳，华而不实。欧阳修本意，希望通过提倡什么、反对什么，来促进一代文风的改变。结果，事与愿违，开封城里，竟引发了一场落榜考生闹事的风潮。在官道上包围住主考大人，兴师问罪，幸亏当时不兴扔臭鸡蛋、摔西红柿，否则，欧阳修真的吃不了兜着走。"及试榜出，时所推誉皆不在选。嚣薄之士候修晨朝，群聚诋斥之，至街司逻吏不能止。"（宋人李焘《续资治通鉴长编》）

由此可以想象，北宋文人也许因为惺惺相惜的心理，深感唐代韩愈进行古文运动之艰难，出于同志式的知心、战友式的敬意，笔下便情不自禁地拔高。《宋史·欧阳修传》也将韩、欧一体而论："文章涉晋、魏而弊，至唐韩愈氏振起之。唐之文，涉五季而弊，至宋欧阳修又振起之。挽百川之颓波，息千古之邪说，使斯文之正气，可以羽翼大道，扶持人心，此两人之力也。"不过，即使在北宋，韩愈成为抢手的绩优股，溢美夸饰，不绝于口的同时，也有清醒者，既认可他、肯定他，也看到他的不足、他的欠缺。譬如司马光在《颜乐亭颂》中说："韩子以三书抵宰相求官……如市贾然，以求朝夕刍米仆赁之资，又好悦人以铭志，而受其金，观其文，知其志，其汲汲于富贵，戚戚于贫贱如此。"譬如欧阳修在《与尹师鲁第一书》中说："前世有名人，当论事时，感激不避诛死，真若知义者；及到贬所，则戚戚怨嗟，有不堪之穷愁，形于文字，其心欢戚，无异庸人。虽韩文公不免此累。"这就是历史的视觉差距了，历史看一个人，总是聚焦于忠奸贤愚的主要方面，而模糊其小是小非的次要方面，如同电子学上的栅极作用，年代愈久，光辉的部分愈被烛照，愈被强调；时间愈长，无关紧要的部分愈益淡化，愈益虚无。

于是，后人只记住"千秋万岁，名不寂寞"的韩文公，而不在意"或就人品论"的其实"无异庸人"的韩昌黎。

韩愈一生，最有影响、最为风光的一件事，为"文起八代之衰"的复兴古文运动；最为英雄、最为知名的一件事，为"忠犯人主之怒"的谏迎佛骨事件。唐元和十四年（819），佞佛的宪宗李纯要将法门寺的佛骨，迎至长安，供人敬奉。出于捍卫道统，出于尊儒排异，或出于自我感觉良好，此前一年，"公以裴丞相请，兼御史中丞，赐三品衣，为行军司马，以功迁刑部侍郎"（见《年谱》），韩愈上《谏迎佛骨表》："佛本夷狄之人，与中国言语不通，衣服殊制，口不道先王之法言，身不服先王之法行，不知君臣之义，父子之情。""乞以此骨付之有司，投诸水火，永绝根本，断天下之疑，绝后代之惑。"李纯阅后大怒，批示付以极刑。幸亏丞相裴度为之缓颊，保住了一条命，流放广东潮州。

从此，人们记住了上书"事佛求福，乃更得祸，由此观之，佛不足信，亦可知矣"的铮铮铁骨，记住了那首"一封朝奏九重天，夕贬潮阳路八千"的悲壮诗篇，然而，并不在意他反佛辟佛的同时，却与和尚们交往频密。令人不可理解的，这位反佛人士的府邸里，老衲出入门庭，小僧趋前奔后，而且据宋人朱熹说，那都是些酒肉无赖之辈，就不知这位非佛主义者韩愈所为何来了。到了潮州以后，又与一位名叫大颠的法师，结为莫逆之交，书来信往，甚为投契。钦慕之，服膺之，连苏轼也认为韩愈的拒佛，"其论至于理而不精，支离荡佚，往往自叛其说而不知"，所以，东坡先生为了他心目中一个完整的，而不是人格分裂的、自相矛盾的韩愈，断然声言韩的《与大颠书》，为伪作，"退之家奴仆，亦无此语"。

其实，人有长短，物有好坏，君子心里有小人的因素，伟人身上有痞子的影子，高尚的人未必不卑鄙，而王八蛋也许并非一无是处，这才是一个真实的复杂世界。虽然，儒学原教旨主义者将复古重儒的韩愈，在孔庙配享的排位，列于孟轲之后，等同于圣人。但圣人并非完人，他被发配到潮州以后，巴结，甚至马屁大颠法师，是否期待这位大德高僧，影响那位佞佛的唐宪宗，而对他被贬的政治处境有所改善呢？按他当年"三书抵宰相求官"的脸皮厚度，未必会不存此心。

韩愈终于登上华山，在其《答张彻》诗中，有"洛邑得休告，华山绝穷陉"句，用他最害怕的这个"穷"字来形容他那次华山之行的路陉，可见对这次旅游中想起来后怕胆战的场面犹耿耿于心。那天，到达华山最高峰后，定睛环视，千峰壁立，万丈深渊，立刻，头晕目眩，魂飞魄散，整个人面如死灰，像散了架似的，颤抖不已，惊吓得不成个儿。上山容易下山难，上山时，只看到脚前方寸之地，尚可勉为其难地行走，下山时，那脚下却是命悬一线的生死之途，往下看，深不可测，往远看，云雾缥缈。稍一不慎，滑跌下去，连尸首都找不着。想到这里，腿肚抽筋、浑身凉透的四门博士，哪敢再走一步。精神崩溃的他，完全失控，赖在山顶，竟放声大哭起来。据唐人李肇的《唐国史补》："韩愈好奇，与客登华山绝峰，度不可返，乃作遗书，发狂恸哭，华阴令百计取之，乃下。"

现在传世的韩愈肖像，很是庄严肃穆，据五代陶谷说，弄错了，那是南唐韩熙载的画像。因为两人都姓韩，都官至吏部，是真是假，姑置勿论。不过，如此一位准圣人，我还真是想象不出来，那一脸的眼泪鼻涕，该是一个什么德行？

世界复杂，人更复杂，从出生到死去，自始至终，处于矛盾当中。因此，这个矛盾的组合体，有其长，必有其短，有其优，必有其劣。文人，只是多一点掩饰装扮的功夫而已。所以，看人，要懂一点两分法，而看文人的话，尤其那些大师，则必须一分为二，千万别被他们唬住。

▼○

东坡原是西湖长

中国有多少个名叫西湖的湖，很难说得出准数。有人做过统计，大约有十七个。凡大小城市，只要城西有一片水者，无不以西湖名之。或者，加进一个字，如西丽湖，西林湖，西下湖，或瘦西湖者，遂弄得西湖处处有，到了真假莫辨的地步，各说各话，语焉不详，也就不必细追究了。这表明在中国人的心目中，西湖风光，通常都被视作美的所在。形成这样一个看法，很大程度上是受到杭州西湖的影响。不管有多少西湖，杭州西湖永远是湖中之冠。但这一片湖光山色，为什么独占鳌头，享誉不衰千百年？很大程度上得益于东坡先生的鼓吹。近人郁达夫先生有诗曰"江山也要文人捧"，大概就是这份意思了。

苏轼的写西湖的名篇《饮湖上初晴后雨》，"水光潋滟晴方好，山色空蒙雨亦奇。欲把西湖比西子，淡妆浓抹总相宜"，这二十八个字，从此就把西湖定格在这种至美的境界之中。只要一提西湖，就必然会想到这几句诗。这与他写庐山的名篇《题西林壁》一样："横看成岭侧成峰，远近高低各不同。不识庐山真面目，只缘身在此山中。"也是二十八个字，达到了同样的艺术效果，游庐山者，稍有一点文化，心里面都会有这首诗的。所以，走在杭州西湖苏堤上，赏玩景色之余，淡妆浓抹之句，是会从心中油然而出的。

除了杭州的西湖，还有惠州的西湖，都是与宋代苏东坡这位大文学家的名字联系在一起而大名鼎鼎的西湖。不知是这两个西湖使苏轼传名万世呢，还是苏轼使这两个西湖更加风光了呢？真是难下判断。当然，还应包括颍州的西湖，那也是苏东坡曾经出仕过的州县。因此，古人诗云"东坡原是西湖长"，就是这个出典了。也许钟灵毓秀的湖光山色，给了诗人灵感，写出了名诗名句；也许由于脍炙人口的佳作，而使这一碧万顷的绿水青山与那些名不见经传的西湖区分开来，从而闻名遐迩。于是，这两个西湖便成为游人流连忘返的名胜去处。

这就是山水以文人名，文人以山水存的中国文化特色了。

从苏东坡对这三个西湖的咏哦来看，几乎隐隐约约地看出他落拓终生的全部。

《陪欧阳公燕西湖》："城上乌栖暮霭生，银钉画烛照湖明。不辞歌诗劝公饮，坐无桓伊能抚筝。"这个西湖是颍州西湖，此时，王安石实行新法，将欧阳修排斥，诗中所引用的"桓伊抚筝"一典，一方面表明了他与欧阳修的同声共气的政治态度，一方面也表现了他那不苟时、不阿附的人格力量。正因如此，仕途险恶、终生流放的命运伴随了他的一生。

随后，苏东坡来到了杭州的西湖，这个杭州太守的职务，倒是他自己一再申请去的。他之所以选择离开都城开封，到外省做官，是厌倦了朝廷里那种倾轧险恶的政治环境。而江浙一带，在北宋时期，是离战乱较远的富饶地区，他也早已属意这风光秀丽、人文荟萃的杭州，希望在这里安顿下来。

再以后，他终于逃脱不了小人的算计，连续谪贬，远放岭南，落脚在惠州。他写惠州西湖的诗："花曾识面香仍好，鸟不知名声自呼。梦想平生消未尽，满林烟月到西湖。"诗前的序中说："惠州近城数小山，类蜀道。春与进士许毅野步，会意处饮之且醉，作诗以记。适参寥专使欲归，使持此以示西湖之上诸友，庶使知余未尝一日忘湖山也。"

来到颍州、杭州、惠州这几个西湖，能不对这位中国文学史上的大家巨匠肃然起敬？在中国，稍识得几个字的人，无不知道"欲把西湖比西子，淡妆浓抹总相宜"和"日啖荔枝三百颗，不妨长作岭南人"的诗句。

"淡妆浓抹"是写杭州西湖之美的再好不过的诗句，那时他任杭州太守之职，在平静如愿的心态下来描绘西湖，自然是诗情从容自如的展露。而在惠州时所写出的"日啖荔枝"的抒怀之作，则是对他被流放到这道路不通、人迹罕至、闭塞偏鄙、隔绝阻难的不毛之地，一种有感而发的愤慨。那时的惠州，可不像今天这样生机勃勃，被放逐到这里绝对是很残忍的政治迫害。"长作岭南人"的自负，实际是对他的政敌针锋相对的抗争！

那天，当我们踏上惠州西湖的长长古堤，两岸莺飞草长，杂花生树，绿水凝碧，青山苍翠。已是夕阳西坠，渔舟唱晚，鹊噪归林，行客稀落时刻，于暮色中读苏诗里描写过的惠州西湖，也令人生发出思古的幽情。那波光粼粼的水，草木葱茏的山，绿柳夹道的堤，红墙绿瓦的屋，一想到九百年前，一位文学巨人，曾经在这触目所及的山山水水处逗留停步，徘徊转侧，吟哦唱和，观山望景。我们也不禁联想浮沉，心神贯通。于是，那并不太大的西湖，便多了一份沉甸甸的文化和历史的分量。虽然其山水的气势、景点的氛围、文化的积累、经营的精善方面，都要比杭州的西湖逊色得多，但这里更能见到的，是一个受到挫折的文人，那不屈不挠的精神，就更加难能可贵了。

流放，是一种政治上的徒刑和生活上的磨难，同时，也是对被流放者的一种意志上的摧毁。在一部中国文学史上，从古至今，不知有多少作家诗人，尝受过这种痛苦的滋味。但也奇怪，愈是大师级的人物，愈不被压倒，愈不致湮没。相反，愈砥砺，愈光辉，愈锤炼，愈坚强，愈挫折，他的文章愈盖世，愈不朽。

这是那些迫害他的小人们，所绝对想不到的。

当他在《十月二日初到惠州》诗里，就已经完全认同这块"仿佛曾游岂梦中，欣然鸡犬识新丰。吏民惊怪坐何事，父老相携迎此翁"的岭南之地。然后抒发情怀："苏武岂知还漠北，管宁自欲老辽东。岭南万户皆春色，会有幽人客寓公。"其实，他还没有到达惠州，就听别人告诉他这个他要落脚的地方，是"江云漠漠桂花湿，海雨翛翛荔子然。闻道黄柑常抵鹊，不容朱橘更论钱"的好去处。

苏东坡从宋哲宗绍圣元年（1094）到这里来，居住了两年零八个月后，再一次被流放到海南岛。在惠州西湖要比他在杭州西湖生活的日子，多了整整一个年头。因此，他对惠州的感情应该更投入一些，是毫无疑义的。他给友人的信中说："某又已买得数亩地，在白鹤峰上，古白鹤观基也。已令斫木陶瓦，作屋二十间。今冬成，去七十无几，矧未能必至耶……"诗中也写过长住的打算，"已买白鹤峰，规作终老计"，他是准备卜老斯乡的。他给黄庭坚的信中，也表示"惠州久已安之矣"，给司马光的信中更说到逆境中的快乐："寓居去江无十步，风涛烟雨，晓夕百变，江南诸山在几席，此幸未始有也。虽有窘乏之忧，亦布褐藜藿而已。"

他热爱这方水土，而惠州乡老也敞开胸怀欢迎他的到来，一点也不因为他被朝廷放逐，而对他白眼相待，也许比风光更使得诗人动情的，是南国人奔放的热情。"父老喜云集，箪壶无空携。三日饮不散，杀尽西村鸡。"一个为人民歌与呼的文学家，在这场合里受到老百姓的欢迎，是一点也不奇怪的。甚至到了九百年后的今天，当我们拾级攀山而上，看到那座完整如初的六如亭时，不禁为惠州人对苏东坡的深情而感动了。

这位与苏东坡厮守一生的朝云，是随着他度过放逐岁月的最亲密的女子。她最懂得这位诗人了，还在都城的时候，苏轼下朝归来，扪腹问随从人等，我这肚里都装了什么？只有她的答复，最可东坡先生意。她说："相公装的是一肚子不合时宜！"说明她对他的性度恢宏、正直不阿的品格是深刻理解的。

但是，绍圣四年（1097）的四五月间，开封城里的权贵发现苏轼在惠州不仅活得很充实，从未压倒压垮，而且深受民众拥戴。尤其读到他写的诗："花曾识面香仍好，鸟不知名声自呼。梦想平生消未尽，满林烟月到西湖。"诗前的序中说到了他对这两个西湖的眷恋之情："惠州近城数小山，类蜀道。春与进士许毅野步，会意处饮之且醉，作诗以记。适参寥专使欲归，使持此以示西湖之上诸友，庶使知余未尝一日忘湖山也。"官员们见他居然这样潇洒地徜徉于湖光山色之中，气得两眼发黑，一纸命令，将他流放到更远的海南岛。

但这一次更残酷的远谪天涯，朝云再也不能陪他一同去受苦了。上一年她已经因病辞世，并长眠于惠州西湖边的山麓上了。于是，一代文豪就这样只身匹马地踏上放逐之路，离开了惠州。但在湖畔山巅里的六如亭，那位永远凝视着远行人的一双温柔的眼睛，便给"罗浮山下四时春，卢橘杨梅次第新"的惠州，留下来至今还能感受到的温馨。

惠州，这个四时皆春的温暖城市，更多的机遇在这里展现出来。现在，谁还记得数百年前那些侮弄大师的无聊小丑呢？当我们踯躅在惠州市区里那碧水荡漾的西湖堤岸上，山林里，六如亭间，感受至深的一点，莫过于认识到：唯有真的文学，真的爱情，才有可能在历史上、心灵上留存下来难忘的踪迹。

如今，时过而境不迁，人去而景长存，哲人其萎，西湖依旧。无论走在哪个西湖的长长堤岸上，望着那莺飞草长，杂花生树，绿水凝碧，青山苍翠的景色；无论是在夕阳西坠，渔舟唱晚，鹊噪归林，行客稀落，独享清静那刻；无论是在春雨飘忽，雾凇扑面，天水一色，孤舟湖上，于似乎无垠的空间之中；无论那波光粼粼的水，草木葱茏的山，绿柳夹道的堤，红墙绿瓦的屋，令人生发出思古的幽情……那些属于历史上众说纷纭的攘争、烦恼、长短、是非，统统在时间的长河里沉淀下来，于是便只有山水的美，文人的魂以及那像璎珞串似的晶莹剔透的诗句，长存在记忆之中。

也许，这大概就是永恒，这样才能叫作真的不朽吧？

▼○

最有天才的女子

——胡适说过："李清照是中国文学史上一个最有天才的女子。"

"红藕香残玉簟秋，轻解罗裳，独上兰舟。云中谁寄锦书来，雁字回时，月满西楼。花自飘零水自流，一种相思，两处闲愁。此情无计可消除，才下眉头，却上心头。"这首《一剪梅》是李清照的早期作品，当作于1103年（北宋崇宁二年）的秋天。"花自飘零水自流"这一句，实在是条极不吉祥的预言，像埃及金字塔里那条法老的诅咒，"谁要触动了我，谁就不得好死"那样，其应验之灵之准，使得她的一生，那任由沉浮的际遇，那难以自主的命运，果然脱不开"花自飘零"四字谶语。

李清照作此词时，芳龄二十，是与赵明诚婚后的第三年。花样

120

年华，新婚宴尔，应该是女人最好的岁月。然而，正是从这首词开始，被流水不知带往何方的飘零命运也就开始了。这位才女，其命运不济的一生，其不知所终的结局，既是一个女人的悲剧，也是一代文人的悲剧，更准确地说，是在中国封建社会的政治绞肉机中，生生将一个最有天才的女诗人毁灭的悲剧。

故事得从1100年（元符三年）说起，正月，哲宗驾崩，赵佶嗣位，是为徽宗。这位在中国历史上数得着的昏君，一上台，便倒行逆施起来。他那助纣为虐的助手，便是臭名昭著的蔡京。如果说北宋王朝逃脱不了灭亡的命运，那赵佶和蔡京则是加速北宋亡国的推进器。若无他俩，这个病入膏肓的王朝，也许还能在病榻上迁延数年，可是经赵佶、蔡京以及童贯、杨戬、高俅、朱勔、王黼、梁师成、李彦等一干人疯狂地折腾以后，这个本来已奄奄一息的王朝，便气绝身亡。

李清照的不幸是从1102年（崇宁元年）开始，七月，蔡京得势，八月，诏司马光20名重臣子弟不得在京师任职，这道圣旨，对她来讲，绝非好兆，那雷霆万钧之力，由不得李清照不考虑自己父亲的命运，由不得不担忧自己在劫难逃。而且，所有投入这场政治运动的干将打手，上至决策人物，下到跑腿喽啰，无不一副杀气腾腾之脸，一双摩拳擦掌之手，一对人皆为敌之眼，一挂食肉寝皮之心，真是让她心惊肉跳，无法安生。

一心复仇的蔡京，先为右相，复为左相，高举绍述大旗（绍述者，重新回到王安石的新法路线上来），一手封王安石为舒王，配享孔庙，一手大开杀戒，将司马光、文彦博、苏轼等，籍为"元祐奸党"。"七月乙酉，以文章受知于苏轼"（《宋史》），为苏门后四学士之一的李格非（李清照之父），在劫难逃。定案"元祐奸党"十七人，李格非名列第五，罢官。从此，李清照就走上了"花自飘零水自流"的不幸道路。九月，蔡京及其子蔡攸并其客叶梦得，将元符末忠孝人分正上、正中、正下三级，计40多人，均予升官。对所谓奸邪人，又分邪上尤甚、邪上、邪中、邪下四级，凡542人，分别予以贬降。这其中，将元祐、元符旧党中坚人物，执政官文彦博、宰相司马光等22人，待制官以上的如范祖禹、程明道、程伊川、苏辙、苏轼、吕公著、吕诲等，凡119人籍作奸党，御书刻石，立于端门，以示儆尤，李格非名列其中，充军广西象郡。十二月，限制行动自由。1103年（崇宁二年）三月，诏党人嫡亲子弟，不得擅到阙下。1103年（崇宁二年）四月，毁司马光、吕公著等绘像，及三苏、秦、黄等人文集。九月，令天下监司长吏厅各立"元祐奸党碑"。党人碑刻309人，李格非名列第二十六。

1104年（崇宁三年）诏御书所书写之奸党，不得在汴梁居住，凡亲属，无论亲疏，遣返原籍。1106年（崇宁五年）春正月，彗星出西方，太白昼见，诏求直言，方有毁碑之举。1108年（大观二年）春正月壬子朔，宋徽宗大赦天下，党禁至此稍弛。（据上海古籍出版社《李清照集笺注》）

李清照的父亲李格非，苏门弟子，著《洛阳名园记》，谓"洛阳之盛衰，天下治乱之候也。其后洛阳陷于金，人以为知言"而闻名，声闻海内。以礼部员外郎，拜提点京东刑狱，作为河南、山东一带的司法厅长、警察总监，也非等闲人物。由于蔡京切齿恨苏，对他的文章，对他的书法，对他的碑刻，对他的出版物，无不一网打尽。李格非受业于苏轼，划为党人，列入党籍，遭遇清洗，也就难逃一劫。平心而论，混账如赵佶者，尽管修理文人，不遗余力，加之蔡京助纣为虐，宋朝的这次政治运动，倒没有开过杀戒，没有砍人脑袋，总算不违祖宗规矩。不过，他先打"元祐奸党"，后打"元符奸党"，雷厉风行，严惩不贷，斗争从严，处理也从严，充军发配，妻离子散，打得京师内外，大河上下，杀气腾腾，鬼哭狼嚎，也是蛮恐怖的。

北宋自神宗变法以来，到徽宗的"双打"，知识分子就不停地被翻烧饼，烙了这面再烙那面，烤焦这边，再烤那边，今天把这拨打下去，明天把那拨抬上来，后天，给打下来的这拨昭雪，再后天，又将抬上来的那拨打下去。这过程，正是李格非所受到免官、下放、复职、再谪的政治噩运。他在哲宗朝元祐年间，因蜀党被起用，到了徽宗朝崇宁年间洛党抬头，又被打下去。

有才华的文人，当不了打手，只能当写手，而狗屁不是的小人，拿笔杆不行，拿棍棒却行。一般来讲，古往今来，君子绝对搞不过小人，小人绝对能把君子搞倒搞臭，而且保证不会手软，往往极尽刁钻刻薄之能事，搞得你连想死也不能那么痛快。士可杀而不可辱，辱比杀更能挫折识文断字之辈。宋徽宗搞的这种铭刻在石板上的"奸党碑"，可以算是中国四大发明之外的第五大发明，比西方的耻辱柱，不知早了多少年！

现在已经找不到李格非到广西以后的情况资料，但他女儿却因为是奸党的亲属，在开封的日子，不怎么好过。第一，她不能不挂念谪放远方的老爹；第二，她不能不犯愁自己要被遣送的命运。幸好，李清照的先生赵明诚很爱她，是那不堪屈辱的日子里，唯一的精神支柱。这位在太学"读研"或者"考博"的丈夫，既没有跟她真离婚或假离婚以划清界限，也没有立时三刻大义灭亲将她扫地出门，而是四处求情，辗转托人，送礼请客，以求宽容，挨一天算一天，尽量拖延着不走。

实际上，赵明诚完全可以求他的父亲赵挺之，这位官至尚书左丞、中书门下侍郎，相当于副首相的高级干部，只消说一句话，谁敢拿他的儿媳怎样。然而，此人很不是东西，"炙手可热心可寒"，就是李清照对这位长辈的评价。向来反苏轼、反蜀党、反"元祐党人"的赵挺之，很受赵佶赏识，很快擢升为尚书右仆射。

赵挺之是不会为李清照缓颊的：一方面是亲不亲，路线分。另一方面便是一种阴暗心理了，此人几乎诌不出几句像点样子的诗词，很生闷气，对他的儿媳，有妒火中烧的文人情结啊！

正是这许许多多的外部因素，李清照相当不是滋味，才有这首前景渺茫、后果难料的《一剪梅》。明人王世贞评说此词："可谓憔悴支离矣。"（《弇州山人词评》）这四字评语，可谓大奇。只有个中人、过来人，才能作此等语。因为王世贞之父王忬，藏有《清明上河图》，严东楼想要，王不敢不给，但又舍不得，只好搞了一份赝品送去。谁知被人揭发，由此忤怒严嵩，严嵩便找了别的借口，将他关进大牢。王世贞营救无计，眼看其父瘐毙狱中。这种相类似的感受，从时代背景这个大的角度，来忖度李清照写作时的心态，是说到了点子上的。

李清照崛起于北宋词林，实在是个异数。

她有一篇在中国文学史上，最为直言不讳的批评文章，开头处先讲述了一个故事。

开元天宝间，有李八郎者，能歌擅天下，时新及第进士开宴曲江，榜中一名士先召李，使易服隐名姓，衣冠故敝，精神惨沮，与同之宴所，曰："表弟愿与座末。"众皆不顾。既酒行乐作，歌者进。时曹元谦、念奴为冠，歌罢，众皆咨嗟称赏。名士忽指李曰："请表弟歌。"众皆哂，或有怒者。及转喉发声，歌一阕，众皆泣下，罗拜，曰："此李八郎也。"（《词论》）

这位突兀而来的李八郎，凌空出世，满座拜服的精彩表演，其实也是她，震惊京师、征服文坛的写照。

当这位小女子由家乡山东济南来到开封的时候，词坛好比那曲江进士宴，无人把她放在眼里。斯其时也，柳永、宋祁、晏殊、欧阳修、苏轼、张子野、晏几道、秦观、黄庭坚……辞藻纷出，华章迭起，一阕歌罢，满城传写。凡歌场舞榭，盛会宴集，三瓦两舍，游乐酿聚，啸歌唱赋，非苏即柳，不是"大江东去"，就是"晓风残月"，莺莺燕燕为之一展歌喉，弦索笛管为之喧闹嘈杂，词坛光彩悉为须眉夺去，文学风流尽在男性世界。

这位新人不能不煞费踌躇了，性别歧视是不容置疑的，更主要的，来晚了的她，发现这桌文学的盛宴，已没有她的一席之地。所以，必如李八郎那般，穿云裂石，金声玉振，余音绕梁，三日不绝，一举点中众人的死穴，目瞪口呆，哑口无言，才会被人承认。

李清照本可以打出美女作家的招牌，在文坛那张桌子上，挤进去一张椅子。我揣度她会觉得那很下作，因为她说过的："譬如贫家美女，虽极妍丽丰逸，而终乏富贵态。""富贵"是物质，在李清照笔下的这个"富贵"，却是百分之百的精神。以色相在文坛讨一口饭吃，那是巴尔扎克所嗤笑的外省小家碧玉，才干得出来的肮脏勾当，这位大家闺秀肯定不屑为之的。

尽管有关她的生平记载，缺乏细节描写，更无绘声绘色之笔墨，但从她这篇藐视一切、睥睨名家的《词论》推断，可以想象得出她的自信。本小姐不写也则罢了，既要写，必定以惊世骇俗之气，不主故常之变，初写黄庭之美，出神入化之境，让开封城大吃一惊。

果然，不鸣则已，一鸣惊人，飞鸿掠影，石破天惊，"当时文士莫不击节赞赏"（明人蒋一葵《尧山堂外纪》）。

胡仔《苕溪渔隐丛话》云："近时妇人能文词如李易安，颇多佳句。小词云：'昨夜雨疏风骤，浓睡不消残酒。试问卷帘人，却道海棠依旧。知否，知否？应是绿肥红瘦。''绿肥红瘦'，此语甚新。"

陈郁《藏一话腴》甲集云:"李易安工造语,故《如梦令》'绿肥红瘦'之句,天下称之。"

黄升《花庵词选》云:"前辈尝称易安'绿肥红瘦'为佳句,余谓此篇(《念奴娇·萧条庭院》)'宠柳娇花'之句,亦甚奇俊,前此未有能道之者。"

据研究者言,同时代人对于李清照的评述,大都近乎苛刻,对其生平,尤多訾议。但从以上宋人评价,可以想象当时的汴梁城里,这位新出炉的诗人,肯定是一个最热门、最流行的话题。如曹植《洛神赋》所写"翩若惊鸿,婉若游龙"那样令人感到新鲜,感到好奇。她的端丽形象,恐怕是北宋灭亡前,那末世文坛的最后一抹亮色。

《一剪梅》中,远走之苦,恋念之深,绮丽的离情,委婉的别绪,无可傍依的忧愁,无计排遣的惆怅,字字句句,无不使人共鸣。全词无一字政治,但政治的阴霾,笼罩全词。这还不过是她飘零一生的序曲,嗣后,靖康之国灭,南渡之家亡,逃生之艰难,孤奔之无助,更是无穷无尽地与政治扭结在一起的悲剧。甚至直到最后,死在哪年,死在哪里?也是一个无法解开的谜。

尽管,她很不幸,但她留给文学史的不多的词,很少的诗,极少的文章,无一不精彩,无一不出色。甚至断简残篇,只言片字,也流露着她的睿智。在中国文学的天空里,李清照堪称是女性文人中最为熠熠发光的星。

宋人中填词，李易安亦称冠绝，使在衣冠，当与秦七、黄九争雄，不独雄于闺阁也。（明人杨慎《词品》）

清照以一妇人，而词格乃抗轶周、柳。张端义《贵耳集》极推崇其元宵词《永遇乐》、秋词《声声慢》，以为闺阁有此文笔，殆为闲气，良非虚美。虽篇帙无多，固不能不宝而存之，为词家一大宗矣。（清人纪昀《四库全书总目提要》）

一个作家，一个诗人，能给后人留下充分的话语余地，说好也罢，说坏也罢，能够有话好说，那就不简单，可谓不虚此一生。作品问世，不是马上呜呼哀哉，不是转眼烟飞焰灭，而是说上数十年，甚至数百年，像李清照这样，才是所谓真正的不朽。

李清照的这首很政治化而无任何政治蛛丝马迹的《一剪梅》，长期以来，是被看作一首闺情诗，一首思妇词，被人吟哦传诵。在最早的版本上，甚至还有编辑多情加上的题注。"易安结缡未久，明诚即负笈远游，易安殊不忍别，觅锦帕书《一剪梅》词以送之。"甚至还有更艳丽的演义，那块锦帕，也就是李清照手迹的此诗真本，到了元代，还被画家倪云林所收藏云云。如果真是这样罗曼蒂克的话，那倒是适合拍好莱坞爱情电影的上好素材。

其实，这是面对政治迫害的恋恋不舍之歌，走也得走，不走也得走，那是很痛苦的诀别。不能抗命的无法逃脱，难以名状的凄凉情绪，无可奈何的强迫分手，心碎郁闷的长远相思，就绝非泛泛的离情别绪所能涵括，而是更深层次的悲恨怨愤。要真是"花自飘零水自流"，花归花，水归水，各走各的路，倒相安无事的。可是，落花无意，流水有情，"双打办"也好，"清奸肃党办公室"也好，频频敲开她家的大门，不断关切她何时启程。于是，"远游"的，只能是她。告别汴梁，沿河而下，回到原籍齐州章丘，也就是山东济南，饮她飘零人生的第一杯苦酒。

与此同时，北宋当局的腐败政权，也开始江河直下地向灭亡走去。宋徽宗在位25年，宠用奸宄小人，残害忠臣良将，搜刮民脂民膏，大肆挥霍浪费，内有农民起义，外有强敌逼境，只知贡币求和，以得苟且安生。在中国，人人都能当皇帝，人人都想当皇帝，但不是人人都能干好皇帝这差使的。宋徽宗赵佶，其实应该当一名画家、一名诗人、一名风流公子，与李师师谈恋爱，也许是此中当行的风头人物。治理国家，经营政府，内政外交，国防军事，他就是一个地道白痴了。

到了公元1125年（宣和七年），赵佶实在干不下去了，退位给赵桓，自任太上皇。李清照也就跟着大倒其霉，虽说是个人的命运，在大时代的背景下，无关宏旨，但随着异族侵略者的金戈铁马，步步南下，一个弱女子，也不能不与家国的命运联系在一起。如果说"花自飘零"的话，在她四十岁以前，犹是在薄风细浪中回转，那么四十岁以后，便跌落到万劫不复的深渊，永无平稳之日了。

李清照先受到其父，后受到其夫之父，两起截然相反的政治风波牵连，也曾饱受冷遇，尝尽白眼，也曾过着提心吊胆的日子，不知哪一天又有什么祸事光临。但她终究不是直接当事人，花虽飘零，还只是萍踪浪迹，波回岸阻，中流荡漾，无所凭依罢了。尽管"红藕香残玉簟秋"有点凄冷，尽管"轻解罗裳，独上兰舟"有点孤独，然而，她与赵明诚，那两相爱恋着的小环境，还是温馨的；共同之好，积二十年之久的金石收藏，那意气相投的小气候，还是很融洽的。那些年月里，有过痛苦，也有过欢乐，有过挫折，也有过成功，有过碰壁，也有过收获，有过阴风冷雨，也有过鸟语花香。

接下来的1126年，赵佶的儿子赵桓继位，是为靖康。第二年，金兵破汴梁，北宋政权便画了句号。这年，李清照43岁。

　　至靖康丙午岁，侯（即其夫赵明诚）守淄川，闻金人犯京师，四顾茫然，盈箱溢箧，且恋恋，且怅怅，知其必不为己物矣。（《金石录后序》）

残酷的战争，迫使他们不得不过起浪迹天涯的逃亡生活。胡骑南下，狼烟四起，烽火鸣镝，遍野而来。那看不到头的黑暗，擦不干净的泪水，永无休止的行色匆匆，没完没了的赶路颠簸，便一直伴随着这位"花自飘零"的诗人。

疾风险浪，波涛翻滚，云涌雾障，天晦日暗，可想而知，飘零在水里的花瓣，会有什么结果了。

现在，很难想象九百年前，一为书生、一为弱女的这对夫妇，将至少有两三个集装箱的文物，上千件的金石、图画、书籍、珍玩等物，为了不落入侵略者手里，追随着败亡的逃跑政府，如何由山东青州的老家启程，一路晓行夜宿，餐风饮露，舟载车运，人驮马拉，辗转千里，运往江南的。

他们总是追不上逃得比他们还快的南宋高宗皇帝赵构，他们追到江南，高宗到了杭州，他们追到浙江，高宗又逃往海上。中国知识分子那种"天下兴亡，匹夫有责"的使命感，尽管意识到最后那一无所有的结果，然而，面对这些辛苦收集的文化瑰宝，不保护到最后一刻，不敢轻言放弃，无论如何，也将竭尽全力保全，不使其失散湮没。

可他们的苦难之旅，有谁能来分担一些呢？无能的政府不管，无耻的官僚不管，投降主义者看你的笑话，认贼作父者下你的毒手，然而，这也阻挡不住他们，铁了心跟随着奉为正朔的流亡朝廷，往南逃奔。这就是中国知识分子独有的苦恋情结了，死也不敢将收藏品丢失、放弃、转手的这对夫妇，一定要为这个国家、这个民族，尽到绵薄之力，你可能嘲笑他们太愚、太腐，但你不能不尊敬他们这种难能可贵的品质，要没有这样一份忠忧之心、竭诚之意，哪有五千年来中国文化的辉煌？

到了钦宗靖康二年，也就是高宗建炎元年，他们的全部积累，不但成为他们夫妇的负担，甚至成为她不幸一生的灾难。

　　既长物不能尽载，乃先去书之重大印本者，又去画之多幅者，又去古器之无款识者，后又去书之监本者、画之平常者、器之重大者，凡屡减去，尚载书十五车。至东海，连舻渡淮，又渡江至建康。青州故第尚锁书册什物，用屋十余间，期明年再具舟载之。十二月，金人陷青州，凡所谓十余屋者，已皆为煨烬矣。（《金石录后序》）

存放在故土的遗物，悉被胡骑付之一炬，千辛万苦随身运来的，又不得不再次割爱。当这些穷半生之力，倾全部家产，费无数心血，已是他们生命一部分的金石藏品，无论多么珍惜，也只有忍痛抛弃，那真是难舍难分。当时，还要面临着丈夫赴任，只剩下她茕子一人，远走他乡，孤灯残烛，凄凉驿路，"时犹有书两万卷，金石刻二千卷，器皿茵褥可待百客，他长物称是。"独自照管着这一大摊子家当，她肩上所承担的分量也实在是太重了。

而她更想不到的沉重打击，接踵而至，丈夫这一去，竟成死别。

（明诚）独赴召。六月十三日，始负担舍舟，坐岸上，葛衣岸巾，精神如虎，目光烂烂射人，望舟中告别。余意甚恶，呼曰："如传闻城中缓急，奈何？"戟手遥应曰："从众。必不得已，先弃辎重，次衣被，次书册卷轴，次古器。独所谓宗器者，可自负抱，与身俱存亡，勿忘之。"

遂驰马去，途中奔驰，冒大暑，感疾。至行在，病痁。七月末，书报卧病。余惊怛，念侯性素急，奈何病痁？或热，必服寒药，疾可忧。遂解舟下，一日夜行三百里。比至，果大服柴胡、黄芩药，疟且痢，病危在膏肓。余悲泣，仓皇不忍问后事。八月十六日，遂不起，取笔作诗，绝笔而终，殊无分香卖履之意。（《金石录后序》）

李清照的《金石录后序》，至今读来，那段惆怅，那份追思，犹令人怦然心动。

在中国历史上，真正的文人，为这个民族，为这块土地，可以有所作为、可以施展抱负的领域，其实是非常有限的。凡是有利可图、有名可沾、有福可享、有美可赏的所在，还未等你涉足，早就有手先伸过去了。而这双手，一定生在有权、有势、有威、有力量、有野心、有欲望、敢无耻的人身上。区区文人，何足挂齿？谁会把你的真诚愿望当回事。你一旦不知趣地也要参与，要介入，也许你未必想分一杯羹，只是尽一点心，效一点力，略尽绵薄，聊表热忱，那也会遭到明枪暗箭，文攻武卫，左抵右挡，雷池设防的。

然而，中国文人，无不以薪火相传为己任，无不以兴灭继绝为己责，总是要为弘扬文化，做些力所能及的事情，庶不致辜负一生。李清照和她的丈夫赵明诚，节衣缩食，好古博雅，典当质押，搜罗金石，本来就是吃力不讨好的事情。大敌当前，危机四起，殚思竭虑，奔走跋涉，以求保全文物于万一，这在他人眼中，更是愚不可及的书呆子行为。到了最后，她的藏品，失散，丢弃，遗落，败损，加之被窃，被盗，强借，勒索，"何得之艰难失之易也""所谓岿然独存者，乃十去其七八。所有一二残零不成部帙书册，三数种平平书帖，犹复爱惜如护头目"，连诗人自己也忍不住嘲笑自己，"何愚也邪！"

经过这场生命途程中最漫长也是最艰辛的奔波以后，然后，又是一系列的麻烦、不幸、官司、谣诼包围着她，使她在精神的夺力下，消耗尽她的全部创作能量。她本来应该写得更多，然而，她只能抱憾。

在这个世界上，最不能得到宽容的，是太出众的才华，最不能得到理解的，是太超常的智慧，最不能得到支持的，是太完美的成功，所以，凡才华、智慧，无一不是在重重阻断下难产而出，凡成功，凡完美，无一不遭遇嫉妒和排斥。她付出了一生，她得到了文学史上的辉煌，然而，她在这个小人结群、豺狼当道、精英受害、君子蒙难的时代里，除了"花自飘零水自流"之外，简直别无生计。

因此，中国文人的最大不幸，不是生错了时代，就是生错了地方，而身心疲惫的她，神劳力绌的她，既生错了时代，又生错了地方，也就只有凋落沉没，无声无息，不知所终，无影无踪。

李清照，号易安居士，山东济南人。生于公元1084年（神宗元丰七年），卒年不见载籍，约为公元1151年（高宗绍兴二十一年），故而具体死亡日期和地点，却湮没无闻，无从查考。一个曾经美丽过，而且始终在文学史上留下美丽诗词的诗人，大才未展、大志未尽地退出，其飘然而逝杳然而去的形象，其落寞之中悄然淡去的身影，给人留下更多的遐思冥想。

如果，再回过头去品味她那首《乌江》诗："生当作人杰，死亦为鬼雄。至今思项羽，不肯过江东。"因此，无论她怎么样死，如何的死，她那双诗人的眼睛，是不肯闭上的。

若是假以时日，给她一个充分施展的机会，这位中国文学史上的第一女性，也不至于只留下一本薄薄的《漱玉集》给后世了。然而，悔则何益？"花自飘零水自流"，对于文人无奈的命运，也只能是无聊的空叹罢了。

▼○

名士张岱

　　中国之强弱，以宋为分界线，赵宋王朝的理学禁锢、礼教桎梏、人性压抑、思想束缚，种种意识形态的整肃，将中国人的生气、活力、创造性、想象力、开放心态、宽容胸怀，统统钳制得往木乃伊的方向发展；将汉、唐以来那种万物皆备于我的主人公姿态，敢于拥抱整个世界的大志气、大雄心，敢于追求精神和物质上的大丰富、大满足，敢于昂首于天下、嚣张于宇内的大气魄、大手笔，统统压榨进死气沉沉的棺材板中。木乃伊与潇洒是不共戴天的死敌，而无论什么人，在棺材板中也绝对潇洒不起来。所以，宋以后，中国文人真正称得上潇洒者，便很稀见了。因此，词典解释"潇洒"一词，通常举唐代李白《王右军》诗"右军本清真，潇洒在风尘"为例，这一个唐人，一个晋人，才是令人向往的潇洒风范。而随后经历了宋之阉割，元之去势，明之幽辟，清之自宫，中国文人连"雄起"的可能性都不存在了，还有什么潇洒可言？

于是乎，像张岱这样一位名士，文学史上最后一位真正的潇洒人物，便值得刮目相看了。

公元1644年，对中国人来说，是不知该朝谁磕头才好而惶惶不安的动乱年月。在北京城，首善之区，这一年，三月十九日，天下着小雪，朱由检吊死景山，四月三十日，玉兰花开得正欢，李自成撤出北京，十月初一，初冬阴霾的天气里，福临登基。大约在半年的时间内，死了一个皇帝，跑了一个皇帝，来了一个皇帝。生活在胡同里的老百姓，对这走马灯似的政局，眼睛都嫌不够用了。

磕头，并非中国人的嗜好，而是数千年封建统治的结果。国人这种必须要用磕头的方式，向登上龙床的陛下，表示子民的效忠，才感到活得踏实的毛病，也是多少年无数经验总结出来的结晶。因为，老百姓有他的算盘，国不可一日无主，如果无主，势必人人皆主，而人人皆主，对老百姓所带来的灾难，要比没有主更祸害，更痛苦。因此，有一个哪怕不是东西的主，戳在紫禁城，也比人人皆主强。所以，京城百姓，在这半年多时间里，不管三位皇帝，谁先来，谁后到，谁是东西，谁不是东西，都乖乖地山呼万岁，磕头连连。

文人，有点麻烦，麻烦在于他们是这个社会里有文化的一群。因为有文化，就有思想，因为有思想，就有看法，因为有看法，就有选择。那么，他必然自问：第一，磕不磕？第二，向谁磕？所以，在这改朝换代的日子里，文人们比无知百姓多了一层烦恼，头是要磕的，可怎么磕，成了问题。

即使一家杂货铺，半年之中，接连换了三位东家，店里的伙计能无动于衷吗？虽然说，谁来都是老板，虽然说，不管谁来你也是伙计。但是，老东家朱由检，新东家福临，半路上插一腿的过渡东家李自成，对当伙计的来说，就产生了疑难，一是感情上的取舍，一是认知上的异同。可想而知，对于匆匆而去、匆匆而来的三位皇帝，胡同里的老百姓，只消磕头就行了。而文人，有的磕得下这个头，有的磕不下这个头；还有的，也不说磕，也不说不磕，给你一个背脊，介乎磕和不磕之间。所以说，这一年的北京，做老板难，做伙计又何尝不难呢？到了该笼火生炉子的季节，中国文人面对着磕不磕头的这张试卷，再不做出答案，恐怕日子就不好过了。

政权就是老板，文人就是伙计，任何社会都是这样的一种契约关系。虽然，大家羞于承认这一点，但大家也不否认"皮之不存，毛将焉附"这个道理。事实就是如此，中国文人，不过是各人用各人的方法和手段，直接或间接地从统治阶级那里讨生活罢了。包括那些口头革命派，包括那些清流名士派，也包括那些不拿人民币而拿美元和欧元的西化鼓吹派，说到底，都是给人打工的伙计。老板开腔了，现在我是掌柜的，你要服我的管，听我的话，如此，你就可以留下来；否则，对不起，我就炒你的鱿鱼，让你卷铺盖走人。如果真是一家杂货铺的老板，这样的狠话，也许不必放在心上，此处不留爷，自有留爷处。可大清江山，独此一家，别无分号，你到哪里去？明末清初，有多少中国文人，想彻底逃脱必须交卷的命运，也就仅有一个朱舜水，浮海去了日本，免除磕头的烦恼，绝大多数文人无一例外地皆要面对这道难题。

俗语"学成文武艺，货于帝王家"，不知典出何处，但却是中国旧时知识分子奉为圭臬的箴言。加上北宋时期的《神童诗》"万般皆下品，惟有读书高"，再加上宋真宗的《劝学诗》，这就像孙悟空脑袋上的紧箍儿一样，使得封建社会里的中国人，从启蒙识字那天开始，就将自己将来给谁打工、为谁效力、看谁脸色、朝谁磕头，都基本定向。而且，也像"俺老孙"一样，永远跳不出如来佛的手掌心，一辈子在怪圈中打转。

中国文人，在宋以前，还能保持一点自己，在宋以后，基本上就没有了自己。当然，也有的人不那么甘心，想有一点自己，那么被打屁股、被砍脑袋，便是注定的命运了。

可怜啊，当时的中国文人，就只好一分为三：第一种人，磕头的顺服者；第二种人，不磕头的抵抗者；第三种人，让他磕，不得不磕，能不磕，绝对不磕的既不顺服也不抵抗者。

我们知道，大明王朝第一个剃发磕头的武人，为吴三桂，准确日期为1644年的四月二十二日下午时分，准确的地点为山海关老龙头军前。而大明王朝第一个剃发磕头的文人是谁呢？好像应该是钱谦益，然而不是。这位领袖文坛的扛鼎人物，这位有头有脸的大明官员，是在吴三桂剃头后一年，顺治二年五月十五日清军过江，进入南京城时，将自己头上的白发剪掉，以示顺服。这位前朝的东林党人，首辅候选，晚明第一号种子作家，其实是一个不大耐得住寂寞的文人。不过话说回来，又有几多文人能耐得住寂寞呢？牧斋先生认为自己，既然胡服左衽地降清了，还不如索性豁出去为新朝大干一场，也算有失有得吧！随后，顺治三年，来到北京，给福临磕头来了。立授礼部侍郎管秘书院事，充明史馆副总裁，着实的滋润。他这一带头，一示范，不打紧，如吴梅村，如龚鼎孳，前有车，后有辙，也一一剃了发，排在后面向新朝磕头。这样，凡有奶便是娘的中国文人，凡光棍不吃眼前亏的中国文人，凡在前朝不得烟儿抽的中国文人，都走钱谦益这条路。这第一种人，占了文人的大多数。

中国文人在非要你买账、不买账就要你好看的老板手下，通常都将磕头，列为首选的生存方式，这绝对是中国文人的聪明了。这聪明来得不易，是以千百年来纷纷落地的人头为代价而得来的。尽管这是一份苟且的聪明，难堪的聪明，你可以鄙视，你可以看不起，但大多数文人站在老板面前，这其中包括你、我，想到脑袋没了，其他一切也跟着完蛋时，会选择这一份聪明的。

不过，大多数文人聪明了，不等于所有中国文人都采取这种聪明的活法；还是有不聪明的文人，偏要做不买账的第二种人。一般情况下，不买账，说起来容易，实行起来却难。因为，得罪老板，至多将你开革；得罪皇帝，那是要砍你脑袋的。但即便如此，如张煌言，如陈子龙，如夏完淳……这班不怕死的硬骨头，刀横在脖子上，也绝不下跪。膝盖不弯，当然也就磕不了头。他们不但不剃发留辫，不但不磕头效忠，还要纠集人马，举刀执矛，进行反清复明的抵抗运动，坚决抗争，决不投降。这第二种人，在中国文人总数中，只占极小比例，但却是应该得到格外的敬重，要没有这些脊梁骨支撑着，中国文人岂不全是软壳鸡蛋了吗？

接下来，就是介乎磕和不磕之间的第三种人了，如黄宗羲，如顾炎武，如王夫之……索性隐姓埋名，匿迹销声，干脆远走他乡，遁逃山林，在那天高皇帝远的地方，一方面，自食其力，种田糊口；一方面，苦心研读，潜心著述。统治者的网罗再密，也有鞭长莫及的死角，于是，也就不用朝谁磕头。在这个队列中间，排在第一名者，非张岱莫属，首先，他年事高于黄、顾、王等人；其次，他文名不亚于钱、吴、龚等人；第三，也是最重要的，他的风流倜傥，他的奇情壮采，确是大江南北无人不知的大名士。

在《陶庵梦忆》一书的序言中，他这样写道："今已矣。三十年来，杜门谢客，客亦渐辞老人去。间策杖入市，市人有不识其姓氏，老人辄自喜。"由此可知张岱盛时，不但山阴装不下这位名士，甚至杭城，甚至江南，也都仰其声名，羡其华腴，慕其文采，效其潇洒而从者如云的。那时，资讯极不发达，消息相当闭塞，这位大名士却有如此众多粉丝捧场，可见其闻名遐迩。他在《闰中秋》一文中说到他的一次聚会："崇祯七年闰中秋，仿虎丘故事，会各友于蕺山亭。每友携斗酒、五簋、十蔬果、红毡一床，席地鳞次坐。缘山七十余床，衰童塌妓，无席无之。在席七百余人，能歌者百余人，同声唱澄湖万顷，声如潮涌，山为雷动。"从他举办的这次"嘉年华"会来看，这位大名士之大手笔，之号召力，之能折腾，之出风头，可想而知。

做名士，是风光的，可到了老板更迭、皇帝轮换之际，名士脑袋大，更是明显的目标。黄宗羲屡战屡败，入四明山结寨自固去了，顾炎武举事不成，到乡野间觅室苦读去了，王夫之知事不可为，隐遁湘西潜心著述去了。而这位江左名士，走又走不了，躲又躲不成，他只有采取这种与新朝既不合作，也不反抗；与当局既不妥协，也不顶牛的龟缩政策。实在无法背过脸去，必须面对这个绝不心悦诚服的皇帝，怎么办？或假做磕头状，尽量敷衍；或磕下头去，却不认账。这样，第一种人觉得他不省时务，不知大势所趋；第二种人觉得他同流合污，缺乏革命气节，他自己也很痛苦。所以，他比第一种人，要活得艰难，因为不能不顾及自己的脸面，不能太无耻；他比第二种人，要活得艰险，因为不能不顾及自己的头颅，别撞到枪口上。于是，闪躲、避让，免遭没顶之灾，游离、回旋，终成漏网之鱼。三十多年下来，活得是多么不易。然而，他居然活下来了，那就更不易。而他是一位众所周知的名士，则是尤其的不易。

话说回来，也不是随便一个阿猫阿狗、张龙赵虎之流，就可以称得起名士的。《世说新语·任诞》载王恭的一句名言："名士不必须奇才，但使常得无事，痛饮酒，熟读《离骚》，便可称名士。"看来，名士在中国，有着长远的历史。也许魏晋时的名士，只需有点酒量，背得出几句《离骚》即可。经过南北朝，经过唐宋元明，名士，就不是随便拎一个脑袋，可以充数的了。

真正的潇洒，是文化、精神、学问、道德之长期积累的结果，是智慧、意趣、品味、见识之诸多素质的综合，是学养、教养、素养、修养之潜移默化的积淀。所以，你有钱也好，你有权也好，可以附庸风雅，无妨逢场作戏，但一定要善于藏拙，勿露马脚。即使你的吹鼓手，你的啦啦队，全然叫绝，说你酷毙了，秀透了，你也千万别当真。以为自己就是真潇洒，大潇洒，而忘乎所以，那可要让人笑掉大牙的。

第一，你得有真学问；第二，你得有真才情；第三，你得有真名望。有真学问，世人打心眼里佩服；有真才情，同行不得不心服；有真名望，官府轻易不愿拿你是问。

张岱《又与毅儒八弟》信中说："前见吾弟选《明诗存》，有一字不似钟、谭者，必弃置不取。今几社诸君子盛称王、李，痛骂钟、谭，而吾弟选法又与前一变，有一字似钟、谭者必弃置不取。钟、谭之诗集，仍此诗集，吾弟手眼，仍此手眼，而乃转若飞蓬，捷如影响，何胸无定识，目无定见，口无定评，乃至斯极耶？盖吾弟喜钟、谭时，有钟、谭之好处，尽有钟、谭之不好处，彼盖玉常带璞，原不该尽视为连城。吾弟恨钟、谭时，有钟、谭之不好处，仍有钟、谭之好处，彼盖瑕不掩瑜，更不可尽弃为瓦砾。吾弟勿以几社君子之言横据心中，虚心平气，细细论之，则其妍丑自见，奈何以他人好尚为好尚哉！"这封信说明一个道理，一个活在他人影子下面，一个失去自我的文人，也是无从潇洒得起来的。

这就是在精神上不羁于凡俗的名士风度，这就是在文学上不追随风气的独立人格，这就是"胸中自有百万兵"的笃定和自信，这就是在乌天黑地、伸手不见五指的混沌蒙昧中，不至于找不着北的清醒和镇定。只是可惜，时不我与，具有如此大家风范的张岱，也唯有于淹蹇中埋没终身。

公元1644年，按天干地支排，为甲申年，中华大地惨遭一劫，先是李闯王进城称帝，后是顺治帝正式登基，遂彻底改变了社会秩序，打乱了生活节奏。这年，张岱47岁，行将半百，是他一生的转捩点。"甲申以后，悠悠忽忽，既不能觅死，又不能聊生，白发婆娑，犹视息人世。"一个从鲜花着锦、烈火烹油的鼎盛巅峰，跌入冰天雪地、四视皆空的万丈深坑的人，居然没自杀，没上吊，凭一丝弱息而能坚持过来，生存下去，我们便不能不为这位从未吃过苦头却吃了大苦头的张岱庆幸。

知识分子最怕的，也是最难规避的事情，莫过于降生到这个世界上，睁眼一看，时间不对，空间也不对，再退回娘胎也不可能，只有淹蹇一生的命运等待着他，那才是既恨又憾的悲哀啊！而他在30岁至40岁的最佳年龄段，经受过明中叶以后反理学、叛礼教的运动洗礼，正是在思想上有所升华、在文学上大有作为的年纪；城头频换大王旗，三个皇帝走马灯式的转场，这位算得上明末清初最有才智的文人，掉进兵荒马乱的动荡之中，顾命都来不及，焉谈文章？老天爷不开眼，你又徒可奈何？

本来，晚明的这次"思想解放"，是一次连启蒙都说不上的

"运动"，它与差不多同时的欧洲文艺复兴，简直不可同日而语。然而，这种意识形态，恰恰是在明代嘉、隆、万朝，经济渐次发达、商业日益繁荣的基础上形成的，也曾煞有生气过的。《金瓶梅》的问世，市井文学的兴起，商品消费的繁荣，市场经济的扩大，绝非偶然事件，而是时代在进步之中的必然。张居正的改革，虽然失败，但他的政策措施确实使王朝增加了积累。这正是一次应该推进处于萌芽状态下的资本主义，走向发展的难得机遇。可是，第一，王朝太过腐败，什么事情也做不了；第二，文人太过堕落，只想到自己怎么快活，而坐失与世界同步发展的良机。随后，更为不幸的是，一个来自关外的、在文化上更加落后的民族，实行了完全倒退的野蛮统治，中国也就只有沉沦一途了。

不过，我们还是看到，即使是这样一个早产而且夭折的"思想解放运动"，在反对传统的礼教束缚上，在反对程朱"存天理，灭人欲"的理学桎梏上，在被称为"无耻之尤"的李贽所嘲"阳为道学，阴为富贵，被服儒雅，行若狗彘"的非孔反儒上，在标榜欲望、提倡人性、主张本真、反对矫情、追求个性上，一系列文化批判、思想裂变，对当时文人而言，震动还是很大的。积极的一面，莫过于在张岱身上，所表现出来的离经叛道的革命精神，不随俯仰的独立人格，拒绝臣服的自我主义和傲世嫉俗的内心世界。而消极的一面，也就是放浪形骸，纵情于感官之快，淫靡放荡，沉湎于声色之好。这也是张岱在"新的老板"当政之后，不得不手忙脚乱，不得不狼狈应对的缘故。于是，性格决定命运，由于精神上的清高，做不了第一种人，由于物质上的诱惑，也做不成第二种人，遂只有成为第三种人，众人眼中的另类。

张岱，生于1597年（明万历二十五年），逝于1689年（清康熙二十八年），字宗子，号陶庵，山阴（今浙江绍兴）人。在明末清初的文坛上，他不但是一个无所不能、无所不擅的全才型文人，而且还是一个身体力行，将明中叶那种"人情以放荡为快，世风以侈靡相尚"（明人张瀚《松窗梦语》）的风气推向极致的人物。名士之名，一是能作（口语中的那个作），一是能闹，不作不闹，如何能名？张岱就是这样一位敢大浮华，敢大快活，敢大撒把，敢大癫狂的"败家子"。

从他《自为墓志铭》所写，"少为纨绔子弟，极爱繁华，好精舍，好美婢，好娈童，好鲜衣，好骏马，好华灯，好烟火，好梨园，好鼓吹，好古董，好花鸟，兼以茶淫橘虐，书蠹诗魔"；从他《陶庵梦忆》序文所写，"大江南北，凡黄冠、剑客、缁衣、伶工，毕聚其庐。且遭时太平，海内晏安，老人家龙阜，有园亭池沼之胜，木奴、秫粳，岁入缗以千计，以故斗鸡、臂鹰、六博、蹴鞠、弹琴、劈阮诸技，老人亦靡不为"。

其实，张岱还忘记自己一大好，好美食。第一，他出身于美食世家。"余大父与武林涵所包先生、贞父黄先生为饮食社，讲求正味"。第二，他认为，食物的本味才是感官享受的最高境界。第三，"割归于正，味取其鲜，一切矫揉泡炙之制不存焉。"（《老饕集序》）

每个人都长一张嘴，但并非每个人都懂得吃。填饱肚子，叫吃本能，品出美味，叫吃文化。这就是张岱与进得北京天天下饺子吃，便过年一般的大顺军农民兄弟的本质上的差异所在。

　　这位大名士，放浪至此，也许只能用"不可救药"一词，可以恭维他了。他应该永远生活在明朝，那里才是他的精神家园。然而，他又不能死殉，因为他说他怕杀头时疼，只好活下来做清朝的人。可想而知，为什么他始终留恋昨日的浪漫，始终怀念旧朝的风流，始终不肯臣服，始终不肯向新朝磕头的原因。

　　张岱之不磕头，固然是他的反潮流精神，但也是他自由的天性，使之然耳。一个人精神世界的种种一切，是由这个人上溯三代的 DNA 所决定的，不会因时、因事、因人、因意识而改变，这也真是没有办法的宿命论。那个李自成手下的大将刘宗敏，大顺军的第二把手，也是甲申年进的北京。来自草根阶层的他，进了德胜门后，第一件事，满北京城找了个遍，要睡吴三桂的爱妾陈圆圆；第二件事，将搜刮来的黄金，铸成大饼子用骡马运回家。因为对这位流氓无产阶级而言，这就是他朝思暮想的最高境界。而他祖先的祖先，三十亩地一头牛，老婆孩子热炕头，也许是尽一生之力都奋斗不到的目标。现在，这位出息了的后代，跟着李自成闹革命，居然左手搂着名妓，右手抱着金砖，那可真是光宗耀祖了。一般来说，家庭决定教养，出身体现素质，这是铁的法则，小农发财的天性，动物发春的本能，刘宗敏非这样行事不可。同样，从世代簪缨的豪门望族中走出来的张岱，就未必像这位农家子弟那样下作了。"旧时王谢堂前燕，飞入寻常百姓家"，燕子飞来，不等于寻常百姓，就成为王谢人家。刘宗敏企羡的那些，张岱半拉眼睛都瞧不上，而张岱在意的一切，那位起义农民也根本无法理解。因此，像张岱这样的名士，空前未必，绝后是可以肯定的了。在当今物质世界里，一掷千金的豪富，比比皆是，可他们的精神世界，绝对是一个个小瘪三。

更何况，从张岱更早的先辈开始，无不为通儒饱学，著作等身，家学之渊源，根基之扎实，自非等闲。就看他们这书香门第高台阶上，出出进进的人物，如徐渭、黄汝亨、陈继儒、陶望龄、王思任、陈章侯、祁彪佳兄弟等人，哪一个不是文章作手？哪一个不是思想先锋？这些时贤先进，对张岱产生的影响是不可低估的。文化这东西，不是馒头，多吃即胖；学问这东西，也不是老酒，多喝即醉，那是一种缓慢的积累过程，一个渐进的成熟阶段。在这样一个耳濡目染、潜移默化的环境中成长，才分极高的张岱，自然要鱼龙变化，而冠绝一时的。

尤其是这富贵世家，自其祖父那一代开始，即拥有私家戏班，自蓄声伎小僮，家境之豪富，门阀之通显，不同一般。因此，张岱就在文学、在艺术、在历史，乃至琴棋书画、笙箫管笛、吹拉弹唱、吃喝玩乐等各个领域，全面覆盖，达到无不精通熟谙，也无不得心应手的地步。当他早年过着精舍骏马、鲜衣美食、斗鸡臂鹰、弹琴咏诗的贵公子生活时，凡人间所有的快活，他都由衷地去追求、去享受；凡世下所有的美丽，他都急切地去把握、去拥有。这样一位得过大自在的文人，即使跌倒，即使趴下，也不会屈下膝来，像奴才似的朝新朝磕头的。

明中后期，是中国文人最为放肆、最为自我，也是最为追求本真、最为离经叛道的年代。李梦阳（1473—1530）有言："天地间唯声色，人安能不溺之？"袁宏道则弘扬此说："目极世间之色，耳极世间之声，身极世间之鲜，口极世间之谈，一快活也。堂前列鼎，堂后度曲，宾客满座，男女交舄，烛气熏天，珠翠委地，金钱不足，继以田土，二快活也。箧中藏万卷书，书皆珍异；宅畔置一馆，馆中真正同心友十余人，人中立一识见极高，如司马迁、罗贯中、关汉卿者为主，分曹部署，各成一书，远文唐宋酸儒之陋，近完一代未竟之篇，三快活也。千金买一舟，舟中置鼓吹一部，妓妾数人，游闲数人，泛家浮宅，不知老之将至，四快活也。然人生受用至此，不及中年，家资田地荡尽矣。然后一身狼狈，朝不谋夕，托钵歌妓之院，分餐孤老之盘，往来乡亲，恬不知耻，五快活也。"

张岱的一生，就是这种"五快活"的最地道的践行，他兴之所至的那些散文作品，也可读得出来那溢出纸外的名士风流和跃出笔墨的文人潇洒。

浪漫的春天，属于歌唱的诗人，严寒的冬日，适合做学问的学者。而明末清初的张岱，恰巧经历了冰火两重天的考验，也造就了他在为文和治史的两大领域中，获得斐然的成功。

张岱之文，似粗疏而意境精致，似肤浅而思想深刻，似不经意间而见其心胸擘画，似率性挥洒而惜墨如金。晚明文人小品文极多，多着重个人感受，张岱作文只是在摹写客观的人、事、物、景，偶涉自己，也是闲中落笔，超然物我。呈现给读者的，是一个丰富多彩的世界。以他《湖心亭看雪》一文为例："雾淞沆砀，天与云、与山、与水，上下一白，湖上影子，惟长堤一痕，湖心亭一点，与余舟一芥，舟中人两三粒而已。"就其中一连串的"一"，活生生跳入眼帘，烘托出美不胜收的西湖。这些本来极无味，也极无趣的数字，却起到点石成金的效果。读他的书，其随便的笔墨，其任意的文字，其隽短简约的词语，其明丽精俏的行文，其兴之所至的感想，其情致盎然的兴趣，比比皆是，处处可见，极耐玩味，百读不厌。可以这样评价，张岱的末世奇文，在他之前不曾有，在他之后不会有。

他的这两部小品文集，一曰《陶庵梦忆》，一曰《西湖梦寻》，书名中的这两个"梦"字，看得出来是他失去所有一切以后的反思。斯其时也，先生老矣，一瓢米，一把豆，必亲自劳作，方得果腹；一畦菜，一圃苗，必跋涉田间，方得收获，沦落困顿，无以为生，布衣蔬食，常至不继。也就只有这残存在记忆里的梦，是他仅有的慰藉了。

从他《三世藏书》一文，约略知道他在这动乱年月里，是怎样走上人生末路的。"余自垂髫聚书四十年，不下三万卷。乙酉避兵入剡，略携数簏随行，而所存者为方兵所据，日裂以炊烟，并舁至江干，籍甲内，挡箭弹，四十年所积，亦一日尽失。此吾家书运，亦复谁尤！"然后就是他在《自为墓志铭》中所写的景况："年过五十，国破家亡，避迹山居。所存者，破床碎几，折鼎病琴，与残书数帙，缺砚一方而已。"

不过，他没有颓丧，也没有噤缩。清人温睿临撰《南疆逸史》，曾赞美其著史立说，晚年刻苦的成就。

山阴张岱，字宗子，左谕德元忭曾孙也。长于史学。丙戌后，屏居卧龙山之仙室，短檐颓壁，终日兀坐。辑有明一代纪传，既成，名曰《石匮藏书》。丰润谷应泰督学浙江，闻其名，礼聘之，不往。以五百金购其书。慨然曰："是固当公之，谷君知文献者，得其人矣。"岱衣冠揖计，犹见前辈风范。年八十八卒。

这部二百二十卷纪传体明史，五易其稿，九正其讹。清人毛奇龄曰："先生慷慨亮节，必不欲入仕，而宁穷年矻矻以究，竟此一编者，发皇畅茂，致有今日，此固有明之祖宗臣庶，灵爽在天，所几经保而护之，式而凭之者也。"至于谷应泰的《明史纪事本末》，是不是就是张岱的《石匮藏书》，说法不一。纪昀的《四库总目提要》，陆以湉的《冷庐杂识》，均持此说。姑置知识产权的争议不论，张岱以垂暮之年，以衰迈之力，以饥馁之逼，以孤难之境，给他梦中的故国立传，说明这位大名士的真爱所在，衷情所系，这才是让我们肃然起敬的。

也许这就是中国文人最难得的一种精神了。精神在，志弥坚，享米寿，节不坠，名士末路，余馨长存，足矣！

"三言二拍"冯梦龙

在中国小说史上，冯梦龙（1574—1646）是个很重要的人物。

虽然，长期以来，他被定性为通俗文学家，但这并不是十分准确的评价。实际上，他是一位扭转了宋元明以来中国人阅读习惯的小说改革家，算得上是中国小说史上的拓荒者。在中国，写小说者很多，但对大家读惯了的小说，无论内容无论形式，能实行一次根本变革者很少。

凡能行非常事者，必非常人，他绝不是文学史上可以马马虎虎对待的人物。

中国的白话小说，始于宋代的话本。但从话本出现那天起，内容无非两端，主要是说史，其次为神魔、灵怪、烟粉、传奇之类。应该说，是这位冯梦龙，将旧的小说格局引出神天鬼地，回到大千世界，疏离帝王将相，关注芸芸众生。

这是极具勇气的创举。

当然，我们也要看到，十四、十五世纪的中国，由于作坊手工业的发达，由于商贸交易活动的活跃，初具规模的资本经济开始萌芽，拥有财富的新兴阶层便在城市中出现。与小农经济不同的是，这些城市中的有产者和平民，是一个涌动着消费欲望的群体。他们的文化需求和躺在地头上由着太阳晒屁股讲两个荤笑话就心满意足的农民不同，他们渴望着美学价值高一些，文化品位强一些，以市井人物为主体，以城市生活为背景的文学出现。于是，冯梦龙的"三言"应运而生，扬弃话本小说中旧的讲史模式，遂走在了时代的前列，是再正常不过的事情。

冯梦龙，江苏长洲（今江苏苏州）人，在明代，江浙是经济最发达的地区，因此，他能得风气之先，创新行事，也是一种历史的必然。不过，对这位具有前瞻性的小说改革家，文学史缺乏足够的估价。一个"俗"字，给他盖棺论定，是不甚公正的。

中国文人有一个通病，一旦衣冠楚楚，人五人六，马上就把裤腿放下，遮住未洗干净的泥巴，马上叼起雪茄当精神贵族，一张嘴，全是洋人的名字，一说话，全是西方的名词。中国的东西，传统的东西，本土的东西，老百姓喜欢的东西，下里巴人能够接受的东西，他们是不放在眼里的。这些人的文学史，必然就是某些人的文学史。因此，别指望这本文学史里会留张椅子给冯梦龙先生来坐，他哪有资格进到这大雅之堂？即使他捧上一大抱玫瑰，诚心给某些人献花，门口一定有人拦住，你有请柬吗？休看他买了九十九朵玫瑰，但不是人家要邀请的一百位客人中的一位，他也只有吃闭门羹的分儿。

有文学，就有文人聚集的地方，好者好之，恶者恶之，但只要他们在一起，必然是一个宗旨排外的团契。犹如海明威所言，像养在一个玻璃瓶里的蚯蚓，钻来拱去，互相以彼此的排泄物抚慰着自己，做瓶子里的文学大师梦。好在冯梦龙识趣，不想干扰人家这种自得其乐，何况他的事情多得很，日程排得很紧。一方面，他要下乡去采风，为已经出版的吴下民歌集《挂枝儿》再编一本《山歌》续集；一方面，他要马不停蹄地访遍江浙一带的书市，觅寻散佚的宋人话本。

因为，他要据其中"市人小说"的断篇残章，来撰写他的《警世通言》《醒世恒言》《喻世明言》。所以，鲁迅在《中国小说史略》中，对他的这些创新作品，定名为"拟宋市人小说"，算是有别于传统的新品种。"市人小说"，也就是"市井小说"，"市井小说"，也就是市民当主角的小说。对今天的作家来说，愿意写谁就写谁，愿意咋写就咋写，当然没有什么了不起的。可五百年前，自宋元明三代沿袭下来的规矩，凡小说，必讲史，已成为金科玉律，要破它，需要一分胆量。

我钦佩冯梦龙这种敢于否定的勇气。否定一个两个前人，也许并不难，但否定几朝几代的定论，否定几百年来的规矩，在习惯听命、比较软骨的中国文人行列里，像他这样的抗命者是罕见的。

所以，明亡以后，一说于忧愤中死，一说为清兵所杀，便足以证明他的风骨。站在"嘉年华"盛会门外的冯梦龙，探头朝里一看，瓶子里的哥儿们姐儿们正玩得开心，便不想打扰，伸手拦住一辆"马的"，上了高速，打道回府，奔长洲去也。

每个人都有他的快乐，只有最没出息的作家，最没起子的评论家，才能以别人的快乐为快乐。我认为，冯梦龙的快乐，是他将大家已经习惯了的，文即史、史即文的神圣法则推翻，以现实世界中发生的人和事，也就是活生生的，你熟悉，我熟悉，大家都熟悉的人和事为描摹对象，这种另辟蹊径的快乐，这种颠覆传统的快乐，是作家的至高境界。他在这三部书中，改编、移译、移植，更主要是自创了大量的"拟宋市人小说"，诚如一首赞他的诗中所说，"千古风流引后生"。《红楼梦》也好，《儒林外史》也好，五四白话文运动也好，甚至我们大家写的当代小说也好，溯本追源，最早是从他这条涓滴小溪开始，然后才成为滚滚巨流的。

我想他这种快乐，与跟屁虫得以列席某次盛宴的快乐，与写不出东西而穷折腾的快乐有着根本的不同。对作家来说，创造的快乐，才是真正的快乐。现在回过头去看收录在"三言"中的，每部40卷，三部共120卷的小说，无一不是呕心沥血、倾肠吐肝之作，这里面既有宋元旧制，也有明人新篇，更有冯梦龙他自己操刀的拟作。由于经过他程度不同的润饰增删，最后，神仙也分不清每一篇之由来，之所本。这就是大师化腐朽为神奇的创造力。

孙楷第《小说旁证》一书的序文中，分析了通俗小说的出现，正是由于有文人的介入，才得以登堂入室、大行其道的。

宋人说话有小说一门，敷衍古今杂事，如烟粉灵怪公案等色目不同，当时谓之舌辨。盖散乐杂伎粗有可观。虽一时习尚难以禁除，亦不为世重。及文人代兴，效其体而为书，浸开以俚言著述小说之风。如冯梦龙《三言》、凌濛初《拍案惊奇》二集、清李渔《无声戏》《十二楼》等不下数百卷，为世人传诵。于是通俗小说骎骎乎为文艺之别枝，与丙部小说抗衡。

孙楷第说到这类新的文学体裁之来势凶猛，之不可遏制："盖其纪事不涉政理，头绪清斯无讲史书之繁；用事而以意裁制，词由己出，故无讲史之拘；以俚言道恒情，易览而可亲，则无文言小说隔断世语之弊。至藻绘风华，极文章之能事，则又二者所同，不可扬彼而抑此。斯虽通俗欤而无伤于雅。然则征其故实，考其原委，以见文章变化斟酌损益之所在，虽雕虫篆刻几于无用，顾非文人之末事欤？"

台湾作家苏雪林说过："真正有价值的文艺作品，要老幼咸宜，雅俗共赏。像《今古奇观》那部短篇小说，除二三篇艺术水准略差外，其余各篇，俗人读固觉有味，雅士读也觉有味，少时读是一种境界，中年读境界便进一层，老时读，境界更深一层。这便是耐读，耐读的作品当然是好。《今古奇观》之所以好，是由于文人作家冯梦龙曾将其大加改作的缘故。"

其实，仅仅从阅读角度来肯定冯梦龙的作品是不够的。应该看到，"三言"的出现，是中国白话小说由口头传述到文字表现，从集体创作到个人创作的分水岭，而小说，作为一门艺术，也是从"三言"起，在审美追求上才有了实质的进步。人物描写从粗略化到细腻化，故事情节从传奇化到现实化，语言表达从粗鄙化到文采化，章回结构从随意化到严整化……这一切，将冯梦龙看成一位通俗文学家，而忽略其在文学发展史上的意义，显然是不公正的。

由于冯梦龙，小说从粗俗回到雅致，从历史回到现实，从子虚乌有的神话世界回到身边和周遭的生活中来，市民阶层中的极其普通的人物形象，卖油郎、杜十娘、蒋兴哥、灌园叟，才能在小说中亮相。因此，他的作品，不但奠定了中国白话小说的写实主义传统，更奠定了文学创作中最宝贵的平民精神。因此，他为中国白话文学、平民文学所做出的贡献，实在是非常了不起的。

鲁迅《中国小说史略》中说："宋人说话之影响于后来者，最大莫如讲史，著作迭出，如第十四、十五篇所言。明之说话人亦大率以讲史事得名，间亦说经诨经，而讲小说者殊希有。"这种讲史传统是和我们这个民族容易沉湎于往事的国民性相关联的。

我们大家都读过的南宋陆游的那首小诗："斜阳古柳赵家庄，负鼓盲翁正作场。身后是非谁管得，满村听说蔡中郎。"我们看到了露天晚会那熙熙攘攘的盛况，也看到了说书人将抛弃发妻的蔡中郎串演得如何有声有色。这个蔡中郎，据说为后汉末年的蔡邕，其实倒是冤枉了这位大学问家，他与那个第三者插足的家伙毫无关系。但赵家庄村民，曲终人散，月牙高挂，还在谈论一千年前的这个故事，意犹未尽。可见这种偏爱往回看的意向，是中国读者的痼疾。

英雄气短，美人迟暮，可从前代的衰颓中找到慰藉；春风得意，衣锦还乡，马上生出名垂青史的自负；老百姓看帝王之大卸八块，贵族之扫地出门，淋漓痛快而不亦乐乎；权贵们视江山之朝秦暮楚，朝廷之瞬息万变，殷鉴不远而赶紧捞取。黄钟大吕般的盛世华章，向隅而泣的末代哀音，振奋也罢，伤感也罢，对这个读《三国》替古人掉泪的民族来讲，是永远的热门。

因此，在这样一个总体氛围下，这场小说改革，那难度是可想而知的。但是，冯梦龙在他深入地头田间、桑林茶园，从农夫牧竖、老妪乡姑那里搜集"民间性情之响"的歌谣曲调时，自然也在了解这些最基本的读者或听众对于讲史类话本小说的倾情所在，说到底就是"故事"二字。陆游诗中那个赵家庄的村民，之所以沉醉于盲人的鼓书中，是被蔡中郎的故事深深吸引。而历史小说，无一不是由密集的、浓缩的、色彩强烈的、跌宕起伏的故事组合而成。

小说之本，为故事，小说的要害，也在故事。有了好的故事，也就有了好的小说。在英语中，小说又称 story，而 story 也就是故事。因此，冯梦龙以故事连着故事，大故事中套小故事，故事之外又有故事，旧故事引出新故事等等手法，来结构他的三部小说集中共120卷作品。他就凭他所讲的这些故事，赢得了一代又一代的读者。

持西方小说观点的胡适，对这种故事加故事的中国传统小说写法是不以为然的。在《宋人话本八种》的序言中，引用了鲁迅的一段话："什九先以闲话或他事，后乃缀合，以入正文……大抵诗词以外，亦用故实，或取相类，或取不同，而多为时事。取不同者由反入正，取相类者较有浅深，忽而相牵，转入本事。故叙述方始，而主意已明。"胡适认为："这个方法——用一个相同或相反的故事来引入一个要说的故事——后来差不多成了小说的公式。"

胡适是以西方小说观点，做出这个"公式"的结论，其实，真正掌握了中国读者阅读心理的是冯梦龙而不是他。做过多种文本试验的胡适，也曾写过小说，我能记得起来的，也就一篇针砭国民性的非常概念化的《差不多先生传》，因为没有什么内容，没有什么故事，终于湮没。与他同在"五四"以后不久写出来的，鲁迅的《阿Q正传》，由于有内容，有故事，而且是一个有意思的故事，从此家喻户晓，成为每个中国人耳熟能详的不朽之作。

应该看到，中国现当代小说虽然是西方小说写法与中国传统白话小说写法相嫁接的产物，但在植物学中，母本的基因，常常是起决定性作用的。在这个世界上，文学也好，具体到小说也好，有其相通之处，也有其民族的、本土的、传统的、习俗的种种不尽相同之处，因此，在中国这块土地上，凡是能够把握住冯梦龙的故事魅力的作家，便能拥有中国读者。

拿什么拥有读者？故事。而故事是什么？说到底，故事就是想象力。

对一个缺乏想象力的作家来讲，你能指望他写出讲述精彩故事的小说来吗？

就这么一碗米，你偏要让这位作家做出一锅饭来，他该怎么办呢？除了拼命往锅里添水外，还有别的什么高招吗？

于是，小说的粥化，便是当代长篇小说的普遍风景。

纳兰性德及其他

"穷而后工"，是对文人经历磨难而写出成功作品的褒誉之言。

这句话当然很中听，但若是一个文人为了"工"，而认可这个"穷"，那可真是有点贱骨头了。

何谓"穷"？一般都指物质上的穷。而对文人来讲，没得吃，没得穿，没得银子的穷，固然难熬。统治者对于文人的折腾、打击、压迫、摧残，还包括不一定付诸行动，只是成年累月悬在脑袋上，不知何时掉下来的那种达摩克利斯之剑的紧张，或者，如观音大士套在孙悟空脑门上那道看不见、摸不着的箍儿，唐僧一念紧箍咒，就疼得死去活来的恐惧。这种精神上的穷，要比物质上的穷，更让文人吃不消、受不了。

尽管如此，中国文学史上，还是有很多大师在这双"穷"的处境之下能够得以成就其"工"，也许这就是中国文人的伟大之处了。

于是，不禁要问，这种物质上的"穷"，加之精神上的"穷"，为什么反而能激起作家奋发努力，写出成功作品呢？先前的"穷"，后来的"工"，这其中有些什么必然的关联吗？

读清人蒲松龄《聊斋志异》，其中有一篇《鸽异》，似可悟出一些道理来。

> 鸽类甚繁……名不可屈以指，惟好事者能辨之也。邹平张公子幼量，癖好之，按经而求，务尽其种。其养之也，如保婴儿，冷则疗以粉草，热则投以盐颗。鸽善睡，睡太甚，有病麻痹而死者。张在广陵，以十金购一鸽，体最小，善走，置地上，盘旋无已时，不至于死不休也。故常须人把握之，夜置群中，使惊诸鸽，可以免痹败之病，是名"夜游"。

这只名曰"夜游"的鸽子，一夕数惊鸽群，使其免于"痹败之病"的强迫做法，与南方渔民进城贩卖活鱼的措施相同，都要在鱼桶里放进一条吃鱼的鱼，唯其别的鱼怕被"追杀"，就得闪避，就得逃脱，就得不停游动，这样，可以保持长时间的鲜活状态。看来，制造紧张，制造不安，制造恐惧，制造痛苦的所谓"穷"，也是激活文人的生命力和创造力的所谓"工"的过程。

若果真如此，从文学发展的角度，说不定倒要向历代制造文字狱的帝王鞠一大躬。

想起二十世纪的俄国作家索尔仁尼琴，倒有可能是一个眼前的，现成的，为大家所熟知的例证。此公作为囚徒，流放到古拉格群岛，挣扎在死亡的边缘多年，很悲惨，很艰难，自不待言。然而，他能够在活下来都不容易的炼狱中，以想象不到的毅力，写出那部关于集中营的皇皇巨著，着实令人敬佩。

后来，他走运了，逃离古拉格；后来，他更走运了，获得了诺贝尔奖；再后来，他更更走运了，冲出铁幕定居美国。但他始料不及，向纽约港口那尊女神顶礼膜拜的同时，有了自由，是不必说的了，从此却没了文学，至少再没有像样的文学，这真是让人欲哭无泪、无可奈何之事。

问题的症结在什么地方呢？当他在古拉格群岛煎熬的年代里，克格勃无所不在的恐怖实际起到了蒲留仙笔下那只停不下来的"夜游"效应，起到了南方渔民水桶里那条吃鱼的鱼的"追杀"效应。老用手枪顶住你的脑门，老用封条糊住你的嘴巴，老用绳索绑住你的手脚，老用死亡威胁你的生命，激发了这位在恐怖下生存的大师，要在恐怖下写作的强烈欲望。

后来，这个外部条件不复存在了，他的创造力也就无法激活，便不可避免地患上蒲氏所说的"痞败之病"。我看过他在美国寓所的一张照片，站在门口，有点像伊凡雷帝的那个弱智儿子，恹恹的甚乏生气。那张脸，很像一条肚子翻了过来的死鱼模样。估计，从今往后，他的文学的翅膀也许还能展开一二，但若想飞得很高，很远，是不可能的了。

这大概就是他在自由的美利坚，再写不出什么具有震撼力作品的缘故。

《国语·鲁语下》里有这样一句名言："沃土之民不材，淫也；瘠土之民莫不向义，劳也。"中国古人这种言简意赅、精彩非常的论断，就是对一个人的遭遇，太快乐和太不快乐，会产生出什么效应的高度概括。

"沃土"，或者"瘠土"，从某种意义上说，也就是作家赖以生存的好与坏的条件，借以写作的优与劣的环境。愤怒出诗人，苦难出文学，若是太快活了，太安逸了，太优越了，连性命都会受到影响的。生于忧患，死于安乐，谓予不信，康熙朝的早夭诗人纳兰性德，他的短命，则是证明这句古语的典型事例。

清朝三百年，有无数出名的和不出名的文人，没有一位比他更幸运。很长时间内，中国的索隐派红学家，认定他就是贾宝玉的原型人物。因为他的确也是一位特别多情、特别浪漫的富贵公子。在文学史上，有人可能风流，可并不富贵；有人可能富贵，但并不风流。有人可能是才子，可讨不来佳人芳心；有人可能很得女人垂青，但作品写得很撒烂污。唯这位纳兰性德，却是想要什么就有什么的幸运儿。他太舒服了，他太幸福了，美女如云，情愫泛滥，春风得意，心花怒放。诗篇脱手，京都传诵，文人兴会，赞声四起。那时的天子脚下，谁能拥有这位康熙御前侍卫的体面光彩呢？

他的感情生活，他的爱情故事，他的浪漫插曲，他的情人踪影，简直让人艳羡不已。

> 纳兰眷一女，绝色也，有婚姻之约。旋此女入宫，顿成陌路，容若愁思郁结，誓必一见，了此宿因。会遭国丧，喇嘛每日应入宫唪经，容若贿通喇嘛，披袈裟居然入宫，果得一见彼姝。而宫禁森严，竟如汉武帝重见李夫人故事，始终无由通一词，怅然而出。（蒋瑞藻《小说考证》引《海沤闲话》）

老天给他的风流很多，给他的才华也很多，但是这个世界上，哪有可能百分之百地全部拥有呢？留给他挥洒文采的岁月很少，留给他享受爱情的日子则更少。也许他意识到上帝的吝啬，感觉到生命之短促，所以在他的词章里，拼命描写男女丰富的情感，竭力描写世间美丽的女性。他的《饮水词》，"哀感顽艳"，确是一部"呕其心血，掬其眼泪，和墨铸成的珍品"。（张秉戌《纳兰词笺注》）

纳兰擅写女性心理，特别在表现贵族女子的空闺孤守、离愁别绪、相思情深、恩爱难舍的情感方面，细致入微，体贴动人。他笔下的女性，无不美艳绝伦，而最让人心驰神往的，是他总是要着重写出来的这些女性的青丝秀发。在中国古往今来的诗人当中，他也许是最善于描写女性发饰的一位。

> 锦帷初卷蝉云绕，却待要、起来还早。（《秋千索》）

风鬟雨鬓，偏是来无准。(《清平乐》)

向拥髻灯前提起，甚日还来，同领略、夜雨空阶滋味。(《秋水·听雨》)

睡起惺忪强自支，绿倾蝉鬓下帘时，夜来愁损小腰肢。(《浣溪沙》)

相逢不语，一朵芙蓉着秋雨。小晕红潮，斜溜鬓心只凤翘。(《减字木兰花》)

谁见薄衫低髻子，还惹思量。(《浪淘沙》)

曲罢髻鬟偏，风姿真可怜。(《菩萨蛮》)

当代作家写女性时，物质的欲望很强烈，精神的享受很浅薄。几乎没有一位我的同行，会在那些飘逸潇洒的青丝秀发上很下笔墨功夫。试想一下，纳兰笔下那"薄衫低髻子，还惹思量"的闺秀，那"曲罢髻鬟偏，风姿真可怜"的歌女，让我们读着读着，生出多么绮丽的画面和丰富的想象啊！若无这美发的点染、饰物的增光，这些情致优雅的小姐，该是减色不少呢！

纳兰性德（1655—1685），原名成德，字容若，号楞伽山人，满洲正黄旗人，纳兰氏。其父为吏部尚书、武英殿大学士明珠，是康熙的重臣，权倾一时。清康熙朝，满人的汉化程度还不算十分明显，而纳兰为世家，为贵族，早就无所顾忌地全盘接受汉文化影响，曾拜尚书徐乾学为师，并与汉族的官绅、宿儒、名流、文士，广泛交往，过从甚密。

康熙本人尽管很在意满汉之大防，但他却受汉文化影响甚深。对这位与他同龄的重臣之后，才俊之士，实为满族融入汉文化的楷模，既眷注，也关切。圣祖待纳兰，"异于他侍卫。久之，晋二等，寻晋一等。上之幸海子、沙河，及西山、汤泉，及畿辅、五台、口外、盛京、乌剌，及登东岳，幸阙里，省江南，未尝不从。先后赐金牌、彩缎、上尊、御馔、袍帽、鞍马、弧矢、字帖、佩刀、香扇之属甚夥。"（徐乾学《通议大夫一等侍卫进士纳兰君墓志铭》）

从赠物中之鞍马、弧矢之类来看，这位清朝皇帝，不无提醒这位年轻侍卫，别忘了种族根本之意。纳兰十七为诸生，十八举乡试，十九成进士，二十二授乾清门侍卫，但他志不在此，一心要追蹑李商隐、李后主，要在文学史上开创属于他的天地。

当时有"满洲词人，男有成容若，女有顾太春"之说，其实，纳兰性德作品的成就，在词的造诣上力臻尽善尽美，称得上是领一代风骚的词宗。如果他不是死得那么早，若有更多的杰作佳构存世，他将是清文学史上不同凡响的诗人，会产生更大的影响。然而，实在令人非常伤感的是，生于1655年，死于1685年的他，匆匆而来，匆匆而去，只活了30年。

因为，对于这位出自满洲贵族家庭的诗人来说，优裕的物质环境，优雅的精神世界，优容的贵族生活，优渥的政治待遇……联想到"穷而后工"这种说法，幸乎，不幸乎，还真值得斟酌。

他的《饮水词》，无论当时的评论，还是后来的研究者，常以南唐主、玉豀生与之比拟。但是，天不假之以年，纵有盖世才华，也不得淋漓尽致地发挥，唯有赍恨而没。这就是他老师在《通志堂集序》中不胜叹息的，"甫及三十，奄忽辞世，使千古而下，与颜子渊、贾太傅并称。"

由此可见，过于幸福，过于美满，过于无忧无虑，过于安逸享受的"沃土"，对于文人，对于文学，未必太值得额手称庆。家世的显赫，仕途的顺遂，朝野的褒誉，帝王的恩宠，也无法弥补这位词人短命的遗憾了。

一位皇帝对于一位文人格外施恩的宠遇，在历史上也许并不罕见，但在如今被捧为"盛世"的三朝里，清王朝以少数民族统治天下的268年期间，对于文人之镇压，世所罕见，史所罕见，纳兰性德甚至敢于同遭遇文字狱的文人来往。在那样杀一儆百的恐怖政策下，当时的汉族文人，没有一个不是战战兢兢，而他却拥有这一份自由，恐怕是唯一的例外。

清王朝以少数民族统治者御临天下的268年期间，仅中央政府一级，这三朝一共搞了160多起文字狱案件，平均一年半就要对文人开刀问斩一次。掉脑袋的，坐大牢的，流放宁古塔，或更远的黑龙江、乌苏里江，给披甲人为奴的，每起少则数十人，多则数百上千人。加上各级地方政府为了邀功，为了政绩，打击面的扩大化，加之文人之间的出首告讦，检举揭发，全中国到底杀、关、流了多少知识分子，恐怕是个统计不出的巨大数字。所谓"盛世"时期的文人，如临深渊、如履薄冰的日子，并不比索尔仁尼琴在古拉格群岛的遭遇好到哪里去。

试看乾隆年间曹雪芹写《红楼梦》时，隔三岔五，就要跳出来大呼皇恩浩荡，歌功颂德的卑微心态，纯粹是文人脑袋掉得太多而吓出来的后遗症，大体上也能体会到做一个这样"盛世"文人的可怜了。一直到道光年间，龚自珍在《咏史》一诗中，犹有"避席畏闻文字狱，著书只为稻粱谋"的诗句，说明康、雍、乾三朝收拾文人的残酷，一个世纪过去，晚清文人仍是心有余悸的。

　　清人进关，是以一个文化落后的民族来统治一个文化先进的民族。其心灵深处，对于文化，对于文明，对于拥有悠久文化传统，拥有深厚文明积淀的，然而是被他们统治着的，非我族类的知识分子，有一种胎里带的怀疑、猜忌和不信任。将知识分子视作异己的劣根性，是很难排除的。一个视知识分子为敌的病态政权，一年半平均一次文字狱的恐怖政权，能出现"盛世"气象，那简直就是天方夜谭了。所以，对时下流行的昧心之论"盛世说"，我是持质疑态度的。

　　虽然，康熙设馆编修《明史》，编纂《古今图书集成》《全唐诗》《佩文韵府》《康熙字典》；而乾隆设馆编纂的《四库全书》，更是中国文化史上的创举，他个人一生写诗四万首，数量等于唐诗总和，至今还无一个中国诗人打破他的高产纪录。这一切，说明这些帝王，早已脱离了骑在马背上剽劫游牧为生的文化落后、原始愚昧的状态。尤其康熙，对于自然科学，诸如历算、数学、水利、测量，多所涉猎，在中国最高统治者中间是很少见的。但是，尽管他们个人称得上是高级知识分子，但这种精神上的软肋，这种灵魂上的忌讳，是万万碰不得的。所以，纳兰性德这样一个幸运儿，实在难能可贵，可他却死得这么早，成了太幸运而反倒短命的个例。

尽管对纳兰之外的文人，康、雍、乾大兴文字狱，使他们既有物质的穷，更有精神的穷，但清代文人的生命力，大都活得很坚韧，很结实，创造力不但不被扼杀，而是表现得更蓬勃、更生气，这就让人不禁生出咄咄之感了。

从公元1662年起到公元1796年止的134年间，可以说是中国文人最"走背字"的时期，也是中国文人骨头收得最紧、脑袋掉得最多的时期。虽然，玄烨活到68岁，胤禛活到57岁，弘历活到88岁，但是，这三朝，长寿文人之多，称得上是历代之冠。

据不完全统计：

享年九旬以上者：孙奇逢91岁，毛奇龄93岁，沈德潜96岁；

享年八旬以上者：朱舜水82岁，冒辟疆82岁，黄宗羲85岁，尤侗86岁，吴历86岁，朱彝尊80岁，王翚85岁，胡渭81岁，梅文鼎88岁，赵执信82岁，方苞81岁，张廷玉83岁，纪昀81岁，赵翼87岁，袁枚82岁，姚鼐84岁，段玉裁80岁，王念孙88岁……

达到人过七十古来稀者：查继佐75岁，傅山77岁，丁耀亢70岁，王夫之73岁，谷应泰70岁，朱耷79岁，李颙78岁，蒲松龄75岁，王士禛77岁，孔尚任70岁，郑板桥72岁，卢文弨78岁，钱大昕76岁……对当时平均寿命不超过50岁的大多数中国人来说，文人群落中的寿星老，可谓多矣！

于是，我也不禁纳闷，到底帝王的生命力强，还是文人的生命力强？在这场统治者和文人谁活得过谁的"友谊"赛中，看来，不得不做出这样一个"痛苦"结论，强者虽强未必享寿，弱者虽弱未必殒折。那结果必然是：强者愈折腾，弱者愈健壮；强者愈打击，弱者愈来劲；强者愈压迫，弱者愈长寿；强者愈摧残，弱者愈不死。

这三朝文人生命力之顽强，你不由得不惊讶，尽管文字狱平均一年半搞一次，一个个硬是活到七老八十，硬是活到帝王伸腿瞪眼，真是很令后来为文的我辈振奋不已。所以，做文人者，做帝王者，在这种数日子的较量中，到底谁输谁赢，把眼光放远一点，从历史的角度来看，还真是南面者未必南，而败北者未必北呢！

因为，在中国历史上，几乎所有的统治者，都不大"待见"文人，特别那些捣蛋的文人，恨不得掐死一个少一个，可事与愿违，无论怎么收拾，怎么作践，谁也不到阎罗王那里去报到，相反，"穷而后工"，而得到文学史上的不朽，这颇使历朝历代的帝王伤透脑筋。

不过，到了当下这个初级阶段的物质时代，要是让文人在"纳兰性德"与"穷而后工"两者择一而为的话，我就不知道谁会选谁啦！

袁枚与《随园食单》

　　"乾隆三大家"，或又称"乾隆三才子"之一的袁枚，恐怕是中国文人中活得最明白，同时也是活得最开心的文人了。

　　中国文人基本可分三类。一类是忧国忧民的大义凛然型，"铁肩担道义，辣手著文章"，成天紧锁双眉，圆睁两目，义愤填膺，激昂慷慨。一类是忧国忧民的同时，也不忘了经营谋划，竞逐进取，使自己活得较好的左右兼济型。一类是曾经忧国忧民过，后来，忧不下去了，或者，不准他忧了，再忧，可能要掉脑袋了，索性想开，也就不去忧了，如此明白以后，便径顾自己的痛快，怎么活得好，就怎么去活的自由自在型。

　　袁枚属于最后这一类型的中国文人。

　　他字子才，号简斋，别号随园主人，又号小仓山居士，他知道自己很"堕落"，也知道好多人既眼红他的"堕落"，同时又正言厉色地指责他的"堕落"，因此，他很为自己这点"堕落"骄傲，他说：鄙人"好味，好色，好葺屋，好游，好友，好花竹泉石，好璋彝尊、名人字画，又好书"。这若干个"好"，构成他一辈子的快活。在清王朝，文人活都不容易，焉谈快活？可他老人家，别的且不讲，就他这薄薄小册子的《随园食单》，那些个吃喝，如数家珍道来，而且他都吃过、尝过，这一份口腹享受，你就不得不拜倒，不得不服气。

这其中所谓的"好味"，就是好吃喝。中国文人基本上好吃能吃，但为之著书立说者极少。这在"君子远庖厨"，圣人的话还相当管用的封建社会里，他敢跟圣人唱反调，可见此公确是当时的一个异类。

此书约八万字，十四章，三百三十二味，以及须知单二十，戒单十四，分门别类，荦荦大观，值得找来一阅。而且能大致了解到乾隆年间的江浙地方，中产阶层的饮食状况，以及今天老饕们经常光顾的杭帮菜、本帮菜、淮扬菜的出处、典故、要诀等等。

我们读《三国演义》，曹操对降将关羽"三日一小宴，五日一大宴"，那餐桌上肯定水陆杂陈，觥筹交错，可究竟是些什么呢？连作家罗贯中都一抹黑，能指望他给我们什么答案。我们读《水浒传》，除了"大块分肉，大碗喝酒"，除了人肉馒头，除了酒精度不高还有不少沉淀物、必须沥过方可饮用的酒外，忠义堂上那些好汉吃什么、喝什么，谅施耐庵也相当懵懂。作家既然都说不出名堂，读者怎能不跟着一块糊涂。因为孔孟之道，因为"君子远庖厨"，古代中国文人能吃会吃而讳言吃，最假惺惺了。尤其不肯在笔下认真其事，实实在在，一就是一、二就是二地写吃，对后人来说，是很不够意思的。

从泽及后人的意义来讲，袁枚这本《随园食单》，可谓"善莫大焉"，使我们了解到乾隆六下江南，大致吃些什么，也了解了当时江浙一带鱼米之乡，能够吃点什么。

袁枚是一个绝对的享乐主义者，更是一个不可救药的美食主义者。他极其会吃，善吃，能吃，而且用心去吃，他活了八十一岁高寿，拥有八十年的吃龄，积四十年孜孜不息之努力，将其口腹享受之精华，之精彩，之精粹，写出一本在中国饮食上空前绝后的著作——《随园食单》来。为什么说它是前无古人、后无来者呢？因为中国自古至今的食谱，都是技术性的阐述，数字化的概念，袁枚写他自家随园私房菜的食单，文化气味强烈，文学色彩浓郁，文人风雅十足。这本书不厚，字不多，一时半刻，即可翻阅一过。留给你的第一印象，此老真会吃；留给你的第二印象，此老真会写吃。

吃是一种享受，人，一出娘胎，不教自会。会吃，却是一门学问，并非所有张嘴就吃的饭桶，都能把到嘴的美味佳肴，说出子午卯酉，讲得头头是道。而提起笔来写吃，写得令人读起来津津有味、口舌生香，那才是作为一个美食家的最高境界。

《随园食单》是文人菜谱，而且是一位懂吃、会吃，又能写吃的高手，以其经验结晶而用生花之笔写出来谈吃的文学作品。

今人写吃，容易，古人写吃，有障碍。孟子说"君子远庖厨"，逆反圣人的教导，突破世俗的看法，来做这件不登大雅之堂的勾当。这一点，我钦佩袁枚的勇气。

今人写吃，容易，但写来写去，舔嘴巴舌，馋涎欲滴，终究属于一星半点的心得、一鳞半爪的体验，充其量，只能当作食典中的一个词条而已。而袁枚的这本小册子，简直就是一部缩微版的中国饮食百科全书，将一千年来长江流域、鱼米之乡的中国人之吃之喝，囊括一尽。这一点，我钦佩袁枚的渊博。

今人写吃，容易，那些"吃嘛嘛香"的酒囊饭袋，那些"脑满肠肥"的饕餮之徒，写一点吃的享受，吃的幸福，谅不难。要写出一点学问，一点道理，用文字精彩地表达出来，就玩儿不转了。有会吃的嘴，不一定有会写的手。有会写的手，不一定有袁枚手下的才气。有才气而没有"余雅慕此旨，每食于某氏而饱，必使家厨往彼灶觚，执弟子之礼。四十年来，颇集众美"的实践，也难臻于完善。这一点，我钦佩袁枚的执着。

由此三者，我很想推荐你读一读这本古代菜谱。

袁枚之热衷此道，之甘居下游，无论以过去的正统眼光，还是以现在的革命眼光，对这种一不忧国，二不忧民，罔顾文学的崇高使命感，无视作家的神圣责任感，不干正经，大写吃喝，肯定是不以为然的。但是，如果了解到袁枚身处的那个时代，爱新觉罗·弘历，几乎与他同龄，你会觉得他这样子的选择，其实是一种无奈。

乾隆，生于公元1711年，逝于公元1799年；

袁枚，生于公元1716年，逝于公元1798年。

这位皇帝比他早生五年，比他晚死一年，袁枚一辈子为乾隆的臣民，而乾隆酷爱收拾文人，对于前面提到的敢抗膀子、敢昂脖子的第一类型文人和不听调教、不听招呼的第二类型文人，有一种时不时要收紧骨头，动不动要开刀问斩的特别嗜好，很可怕，很恐怖。所以，便可理解他宁可谈吃谈喝，不敢忧国忧民的缘由了。因为他只有一个脑袋，要是玩掉了的话，吃什么也不香了。这大概就是袁枚为什么好吃喝女色，好盖房造园，好收藏古玩，好交友远游，非要做第三类文人的原因了。

《清史稿》对他的这些"好"，也有微词，说他"喜声色，其所作亦颇以滑易获世讥"。

在中国的饮食文化之中，很少有像点样子的典籍拿得出手，因为中国人吃得不讲究，不光是"忙时吃干，闲时吃稀，不忙不闲时干稀搭配"的凑合对付，而是中国小农经济的基本贫穷状况，决定了温饱问题之难以解决。家无隔宿之粮，一饱难求，如何侈谈美食，人家会以为你是神经病的。除了曹雪芹那样昨天的富家子弟，穷到"举家食粥酒常赊"，尚有薄粥糊口，才耐不住在笔底下重温昔日的美食，来一次精神会餐的。而对赤地千里的饥民来讲，对枵腹绝粒的饿殍来讲，想到的只能是如何造反，因为只有豁出一身剐，才不会饿死，只有当流寇，哪怕人食人，也强似倒毙在地头上。饿肚子的人革命性最坚决，饱肚子的人才想到美食，而整个中国历史，饿肚子的时候多，饱肚子的时候少。所以，鲁迅先生很感叹古籍中资料之匮乏，是与这样大背景分不开的，饱且匪易，何从美食？

> 我于此道向来不留心，所见过的旧记，只有《礼记》里的所谓"八珍"，《酉阳杂俎》里的一张御赐菜帐和袁枚名士的《随园食单》，元朝有和斯辉的《饮馔正要》，只站在旧书店头翻了一翻，大概是元版的，所以买不起。唐朝的呢，有杨煜的《膳夫经手录》，就收在《间邱辨囿》中……（《且介亭杂文二集·马上支日记》）

袁枚此人，生前身后，颇多訾议。独他这本食谱，倒一直被视为食界指南，传布甚广。据说，此书有过日文译本，译者为青木正儿。清人梁章钜在其《浪迹丛谈》里，凡谈及饮食，无不推介袁枚的《随园食单》，认为他"所讲求烹调之法，率皆常味蔬菜，并无山海奇珍，不失雅人清致"。看来这本虽薄薄一册，但极具文采的《随园食单》，总算填补了中国饮食文化史上的空白。

唐朝没有袁枚，我们不知道唐朝人吃什么和怎么吃；唐以前的朝代也没有袁枚，我们更不知道那些朝代的人吃些什么和怎样吃。近人尚达先生专攻唐史，著《唐代长安与西域文明》一书，对于唐代吃食，也只是转抄前人记载而已。我们如今在古籍中看到的，诸如"馎饦""馎饦""焦餧""馎䬪""不托""胡饼"等唐代食物，当时在长安街头，大概是可以随便买到的小吃，究竟是个什么东西呢？很难有行家说出个子午卯酉了。再如宋代苏轼，这也是个美食家，东坡肉，就是他的发明。当他流放海南儋州后，思念中原饮食，遂有那段"烂蒸同州羊羔，灌以杏酪，食之以匕不以箸；南都麦心面，作槐芽温淘，渗以襄邑抹猪、炊共城香粳，荐以蒸子鹅；吴兴庵人斫松江鲙。既饱，以庐山康王谷廉泉，烹曾坑斗品茶"的佳话，这道颇近似西方人圣诞节火鸡大餐的菜式，若是能像曹雪芹那样写他的"莲叶羹""茄鲞"，比较仔细地交代选用之材料，制作之过程；何以"温淘"而须"槐芽"？何以"抹猪"必用"襄邑"？因何"炊香粳"而"荐子鹅"？因何"灌杏酪"而"蒸羊羔"？这些细节部分，如果留给后人更多的参照系数，也可以弄出赚食客钞票的，如同红楼大宴一样的东坡大餐呀！

但袁枚能写这本《随园食单》，这真得感谢乾隆皇帝，要不是他一个劲地压迫文人，那么狠，那么毒，到了赶尽杀绝的程度，弄成万马俱喑的局面，也许袁枚不会花四十年工夫，念兹在兹地写他这本饮食大全的。袁枚生于"盛世"而未杀头，是其幸，但碰上乾隆，他只好风花雪月，大谈饮食之道，是其不幸。

据《清史稿》，袁枚"幼有异禀。年十二，补县学生。弱冠，省叔父广西抚幕，巡抚金鉷见而异之，试以《铜鼓赋》，立就。甚瑰丽。会开博学鸿词科，遂疏荐之。时海内举者二百余人，枚年最少，试报罢。乾隆四年，成进士，选庶吉士。改知县江南，历溧水、江浦、沭阳，调剧江宁。时尹继善为总督，知枚才，枚亦遇事尽其能。市人至以所判事作歌曲刻行四方。枚不以吏能自喜，既而引疾家居"。

于是，公元1748年（乾隆十三年），才三十出头的他，递上一纸辞呈，弃官不干了。

仕，就是为官。学而优者谋官，学而不优者也要谋官。职位小者要谋大官，级别低者要谋高官，待遇差的要谋肥官，官声微者要谋名官。于是，文人基本上就这样三种心态：一、想方设法做官；二、做上了官的要固官、保官；三、做久了官者还要防着罢官、丢官、免官。至少在封建社会里，官是中国文人的命根子。

哪怕当个小组长，领导三五小卒，也能从那高高在上的感觉中，获得精神上的最大享受。因此，文人之谋官求官，都到了病态的程度。像袁子才这七品官做得正来劲的时候，自己炒了鱿鱼，这是中国绝大多数知识分子，难以做到的一种割舍。

第一，他做了官；第二，他官做得不错；第三，他为官的这些地方，都是江南富庶县份；第四，应该说不是无关紧要的一点，两江总督对他相当赏识器重。这个尹继善，就是《随园食单》里提到的，"自夸治鲟鳇鱼最佳，然煨之太熟，颇嫌重浊"的尹文端公。看来，一个县长能跟一个省长同桌吃饭，也许不以为奇，但是这两个官员，能够坐在一张桌子上，切磋厨艺，显然关系非同一般。尽管如此，袁枚急流勇退了。

袁枚为官9年，32岁时辞职回家当老百姓了。由此可以看到乾隆年间那严酷的文化统治，对诗人所产生的噤若寒蝉的效应。所以唐之出现李白，宋之出现苏轼，因为那样的时间和空间的外部条件下，尚留给天才生存和发展的一线生机，而嗣后的元、明、清，即使李白转世，苏轼再生，也恐怕如袁枚，振作作诗，唯恐惹祸，老死牖下，心又不甘，既没有勇气反抗，也没有胆量造反，只能做一个从生理到心理、从精神到肉体被阉割的文人，苟且而已。尽管顶头上司是如此赏识他的两江总督，他也感到"煨之太熟，颇嫌重浊"的官场，不是久待之地，于是，"引疾家居"。

大概稍晚半个世纪，俄国的普希金（1799—1837）、莱蒙托夫（1814—1841），德国的歌德（1749—1832）、席勒（1759—1805），英国的拜伦（1788—1824）、雪莱（1792—1822）这样伟大的诗人，即将走上世界文学的舞台，产生出世界级的影响；而才华天分不弱于这班大师巨匠的袁枚，一生被这位文字狱皇帝罩着命门，只有沉沦一道。他终生在乾隆淫威的阴影下，用本该写出石破天惊作品的力量，来搞这样一本聊胜于无的吃喝之书。你说，在文字狱大门敞开着，像张开的吃人虎口前面，他还能干些什么？

▼○

辜鸿铭的傲岸

辜鸿铭，民国初年文人。当时，他不但是文化界议论的焦点人物，因其民国以后还留着的清朝辫子，更是一个老百姓瞩目的风头人物。

二十世纪初，在北京的洋人生活圈子里，流传这样一句口头语，来到这座古城，可以不看紫禁城，不逛三大殿，却必须要看辜鸿铭。这也许还不足以说明他牛，举一例便了然了。此公在东交民巷六国饭店做演讲，入场是要收费的，并且价值不菲。那时，梅兰芳已出道，红得不得了。看他的戏，包厢雅座的票价，至少也需大洋一元二角，可要听辜鸿铭的演讲，两块银圆，比梅兰芳的票价多出八角，而且你未必买得到，因为海报一出，驻北京的外交使团就全给包圆儿了。

这让中国人有点傻，一看洋人对 Amoy Ku（辜鸿铭的英文名字）如此高看，灵魂中，那崇洋媚外劣根性总是按捺不住，会蠢蠢欲动地表现起来。第一，眼露谄媚之光；第二，脸现仰羡之色；第三，圆张着的嘴，再也合不拢。这些足以说明鸦片战争、八国联军以后，西方列强对中国人精神上的戕害是何等久远和沉重。于是，你便会了解在民国天地里，还留着辫子的辜鸿铭，因洋人的特别眷注，该是怎样引人在意了。

辜鸿铭的黄包车夫刘二，与他一样，也留着辫子，堪称天下无二，举世无双。可以想象，这一对主仆，从东城柏树胡同寓所出来，穿过王府井，穿过交民巷，直奔六国饭店，去发表演讲的这一路上，在闹市该造成多大的惊动了。那些附庸名流、巴结邀好的人，那些点头哈腰、鞠躬致敬的人，那些认为他牛得连老外也在乎的人，是多么想与他搭讪，与他攀谈，与他拉关系，借得一点洋人的仙气，好风光风光，肯定 Good morning（早安），或者 Good afternoon（午安），来不及地趋前表示崇敬了。

辜鸿铭不理这一套，或者也可以说，他压根儿不吃这一套，眼珠子一弹，招呼他的车夫刘二：愣着干吗，给我走人。

六国饭店的礼堂里座无虚席，听众翘首以盼，并不完全因为这硕果仅存的辫子，人们乐意花两块大洋，好奇是一面，但来听他的精彩演讲，为的就是享受一次语言的盛宴，则是更重要的一面。据说，他很看不起胡适，鄙夷地说，此人只会一点"留学生英语"，不识拉丁文和希腊文，居然要开西方哲学课，岂不是误人子弟吗？

而他在演讲中，时而英语，时而法语，时而德语，时而古拉丁文，时而"之乎者也""子曰诗云"的文言，从盎格鲁-撒克逊，到条顿、日耳曼、高卢鸡，到那个在新华门内做着皇帝梦的袁大头，一路横扫过来，统统不在话下。

他之所以能够这样粪土一切，就因为他有足以粪土一切的本钱。这位在中国近代史上极为少见的学者，不但通晓汉学典籍，熟知中华文化的传统精神，更娴习英、法、德、拉丁、希腊、马来等9种语言，深谙西方世界。他富有文学天才，自是不用说的了，哲学、法学、工学，兼及文理各科，均有深刻造诣。像他这样有大学问，有真学问的文人，在中国，他之前，肯定是有的，他之后，肯定是没有的了。至少，一直到现在，敝国尚未有一位称得上享誉全球的文史哲方面的大师出现，实在是很令人汗颜的。

当下，在中国，带引号的"大师"，还真有的是。碰上文坛聚会，大家一齐吃饭，你会发现到场的"大师"，要比端上来的干炸丸子还多，一个个脑满肠肥，油光水滑。因为这班"大师"，倘非自封，便是人抬，若非钦定，必是指派，难免有一种假钞的感觉、水货的嫌疑。那些在文史哲方面的权威、名流、前辈、大佬，好一点的，饾饤治学，獭祭为文，顶多是一架两脚书橱而已；差一点的，只是浪得虚名。在物质社会里，不做学问者反而要比做学问者活得更滋润，混得更自在。

大概民国初年，真正有学问的人还是很被看重的。于是，1917年，就有辜鸿铭应蔡元培之邀请，到北京大学讲授英国诗之举出现，大家觉得可乐，大家也等着瞅这场可乐。果然，他首次出现在北大红楼教室中时，戴瓜皮帽，穿官马褂，蹬双脸鞋，踱四方步，好像刚从琉璃厂古董店里发掘出来的文物，配上那一根系着红缨的滑稽小辫，引起哄堂大笑。等到众学生笑到没力气再笑时，他开口了，声调不疾不徐，声音不高不低，"诸位同学，你们笑我的辫子，可我头顶上这根辫子是有形的，而你们心中的辫子却是无形的"。顿时，全场哑然。

从那一天开始，他在北大讲授英国诗，学期开始的第一堂，叫学生翻开 page one（第一页），到学期结束，老先生走上讲台，还是 page one。书本对他来讲，是有也可无也可的，他举例诗人作品，脱口而出，不假思索，若翻开诗集对照，一句也不会错的，其记忆力之惊人，使所有人，包括反对他的，也不得不折服。据女作家凌叔华回忆，辜鸿铭晚年，曾是她家的座上客，这位上了年纪的老人，犹能一字不移地当众背出上千行密尔顿的《失乐园》，证明他确实有着非凡的天才。

他对学生说："我们为什么要学英文诗呢？因为诗乃文之精粹。只有得其要领，通其全貌，这样，才能将中华文化中温柔敦厚的诗教，译为西文，去开化那些四夷之邦。"在课堂上的他，挥洒自如，海阔天空，旁征博引，东南西北，那长袍马褂的穿戴，不免滑稽突梯，但他的学问却是使人敬佩的。他讲课时，幽默诙谐，淋漓尽致，嬉笑怒骂，皆成文章。用中文来回答英文问题，用英文来回答中文之问，学识之渊博，见解之独到，议论之锋锐，阅历之广泛，令问者只有瞠目结舌而已。因此，他的课极为叫座，教室里总是挤坐得满满的。

　　辜鸿铭（Thomson），字汤生。1857年生于马来西亚槟州，1928年终老北京，祖籍福建同安，故有"辜厦门"之称。幼年成长于槟州种植园，十岁赴英伦，以优异成绩考入爱丁堡大学，随后又赴德国莱比锡大学深造。这位生在南洋，学在西洋，婚在东洋，仕在北洋，获得过13个博士学位的中国文化巨人，与大部分学有所成的中国学人不同，先在国内奠定深厚的学养基础，再到国外充实提高。人是有一种喜新厌旧的趋向，先前耳熟能详的一切，常常会被后来才了解的事物的新鲜感所压倒，所以，辜老先生与那些到了外国以后盛赞月亮也是外国的圆，而对中国则视之若敝屣的假洋鬼子不一样，对于中华民族的文化，表现出强烈的尊崇。

　　光绪年间，他从国外归来，在张文襄幕府当洋务文书，任"通译"二十年。他一面为这位大臣统筹洋务，因为张之洞提倡实业救国，支持改良维新，一面精研国学，苦读经典，自号"汉滨读易者"。时值这位总督筹建汉阳兵工厂，他参与其事。张之洞接受另一洋务派，也是东南大买办盛宣怀的建议，委托一个外国商人总司其事。辜鸿铭和洋人接触几次以后，封了一份厚礼，请他开路了。过了几天，张之洞想和这个洋人见见面，他的下属告诉他，那洋老爷早让辜师爷给打发了。他把辜鸿铭叫来责问，辜正色地对他说，不一定凡洋人都行，有行的，也有不行的，我们要造兵工厂，就得找真正行的。辜鸿铭遂委托他的德国朋友，请克虏伯工厂来建造，结果，汉阳兵工厂在各省军阀建造的同类厂中是最好的。这个厂出品的步枪"汉阳造"，一直很有名气。

所以，他对于洋人的认识和那个时候普遍的见了外国人先矮了半截的畏缩心理，完全相反，他是不大肯买外国人账的。"五四"以后，文化人言必欧美，一切西方，恨不能自己的鼻子高起来，眼珠绿起来，这是很令人气短的。直到今天，贩卖洋人的唾余，吓唬中国同胞的假洋鬼子，络绎不绝于道；外国什么都好，中国无所不糟的候补汉奸，可谓层出不穷，实在是让辜老先生九泉下不会很开心的。

鸦片战争之后，中国人被列强的坚船利甲，打得魂不守舍，崇洋羡洋，畏洋惧洋，已为国民心理常态。中国人对于西方的认识，已由过去的妄自尊大变为自卑自轻，更多的人甚至转而崇洋媚洋，这也是被列强欺压得快没有一点底气的表现。一见洋人，膝盖先软，洋人说了些什么，必奉之为圭臬。

独这位辜鸿铭不买账，不怕鬼，不信邪，从1883年在英文报纸《华北日报》发表题为"中国学"的系列文章始，便以发扬国学、挪揄西学为己任。他先后将《论语》《中庸》《大学》译为英文，推介到国外。据说，在他之前，因未有更好的译本，孔子的这三部经典著作，在西方知识界未得广泛反响，至此，才有更多的传播。从1901年至1905年，他的一百七十二则《中国札记》，分五次发表，反复强调东方文明的价值。

辜鸿铭认为，"要懂得真正的中国人和中国文明，此人必须是深沉的、博大的和纯朴的"，因为"中国人的性格和中国文明的三大特征，正是深沉、博大和纯朴，此外还有灵敏"。在他看来，美国人博大、纯朴，但不深沉；英国人深沉、纯朴，却不博大；德国人博大、深沉，而不纯朴；法国人没有德国人天然的深沉，不如美国人心胸博大和英国人心地纯朴，却拥有这三个民族所缺乏的灵敏；只有中国人全面具备了这四种优秀的精神特质。所以，辜鸿铭说，中国人给人留下的总体印象为"温良"，"那种难以言表的温良"。在中国人温良的形象背后，隐藏着"纯真的赤子之心"和"成年人的智慧"。

他用英文写成的《中国人的精神》（*The Spirit of the Chinese People*）一书，对于西方世界产生很大的反响，据说，一些大学哲学系将其列为必读参考书。其文章受到欢迎的热烈程度，还没有一个其他的中国文化人，可以相比拟。托尔斯泰与他有书信往来，圣雄甘地称他为"最尊贵的中国人"，罗曼·罗兰说他"在西方是很为有名的"，勃兰兑斯说他是"现代中国最重要的作家"，英国作家毛姆亲自来到北京，到他柏树胡同的寓所拜见他，向他求教，可见世人对他评价之高。

由于辜鸿铭非常了解西方世界，又特别崇尚中国文化，所以才有力斥西方文化之非的言论，如"美国人研究中国文化，可以得到深奥的性质；英国人如果研究中国文化，可以得到宏伟的性质；德国人研究中国文化，可以得到朴素的性质；法国人研究中国文化，可以得到精微的性质"。对于中国文化的推崇，到了如此地步，姑且不对这种趋于极端的一家之言做出是非的判断，但在二十世纪初，积弱的中国，已经到了殖民地半殖民地的地步，他能够说出这番中国文化优越论的话，也还是有其警世之义的。

当时，严复和林纾把西方的文化翻译和介绍到中国来，多多少少是带有一点倾倒于西方文明的情结，但是，这位辜老先生，却努力把中国的文化向西方推广，或许是对这种膜拜风气的逆反行为吧？他不但将《大学》《中庸》《论语》翻译出去，他还著有《中国人的精神》，或译作《春秋大义》，介绍中华文化的博大精深。这些译文，在国外有很大影响，德国、英国甚至有专门研究他的俱乐部，不能不说是他对中华文化的杰出贡献。

他的名字曾经很响亮过的，虽然现在已不大被人提起，可在二十世纪一二十年代，他却是京师轰动，举国侧目，世所尽知，无不敬佩的一位大学问家。而且他的幽默，他的行径，他的狂飙言论，他的傲岸精神，也曾制造出许多轰动效应并且脍炙人口。凡知道辜鸿铭这个名字的人，首先想到的是他的那根在民国以后的北平知识界中堪称独一无二的辫子，那是辜鸿铭最明显的标志。辛亥革命推翻清朝，第一个成就便是全中国的男人头顶上那个辫子，一夜之间，剪光推净，独他却偏偏留起来，自鸣得意。他在清廷，算是搞洋务的，按说是维新一派，但皇帝没了，竟比遗老还要遗老，这也是只有他才能做出的咄咄怪事。周作人说过，辜鸿铭是混血儿，父为华人，母为欧人，所以他头发有点黄，眼珠有点绿，更像洋人的他，却一身大清王朝的装扮，不是在戏台子上，而是走在光天化日的马路上，能不令人有目睹怪物之感吗？

蔡元培任校长的北京大学，主张学术自由，主张开明精神，不光请这位拖辫子的遗老来讲课，也请胡适、傅斯年、陈独秀、周树人兄弟这些新派人物执教。这些新文化运动者，尽管不赞成他的保守的、落伍的主张，但对他的学问却是敬重的。当时，学校里还有不少的外国教授，也都是世界上的一流学者。这些洋教授们，在走廊里，若看到辜老先生走过来，总是远远地靠边站着，恭迎致候，而辜氏到了面前，见英国人，用英文骂英国不行，见德国人，用德文骂德国不好，见法国人，则用法文骂法国如何不堪，那些洋人无不被骂得个个心服。就是这么一个有个性的老头子，不趋时，不赶潮，我行我素，谁也不在他的话下。一个人，能照自己的意志生存，能以自己的想法说话，活得有滋有味，有声有色，达到这种境界，你能不为这个老汉喝一声彩吗？

有一次，一位新应聘而来北大的英国教授，在教员休息室坐着，见这位长袍马褂的老古董，拄着根手杖，坐在沙发上运气。因为不识此老，向教员休息室的侍役打听，这个拖着一根英国人蔑称为"pig tail"（猪尾巴）的老头是什么人？辜鸿铭对此一笑，听他说自己是教英国文学的，便用拉丁文与其交谈，这位教授对此颇为勉强，应对不上，不免有些尴尬，辜叹息道："连拉丁文都说不上来，如何教英国文学？唉！唉！"拂袖而去。碰上这么一位有学问的怪老爷子，洋教授拿他有什么办法！

辜鸿铭的一生，总是在逆反状态中度过。大家认可的，他反对，众人不喜欢的，他叫好，被大众崇拜的事物，他藐视，人人都不屑一顾时，他偏要尝试。追求与众不同，不断对抗社会和环境，顶着风上，就成了他的快乐和骄傲。他说：蔡元培做了前清的翰林以后，就革命，一直到民国成立，到今天，还在革命，这很了不起。他说他自己，从给张之洞做幕僚以后，就保皇，一直到辛亥革命，到现在，还在保皇，也是很了不起。因此，在中国，他说，就他们两个人堪为表率。

因此，他的言论，嬉笑怒骂，耸人听闻，他的行径，滑稽突梯，荒诞不经，无不以怪而引人瞩目，成为满城人饭后茶余的谈资。民国以后，宣统本人都把辫子剪掉了，他偏要留着，坐着洋车，在北京城里招摇过市。他的喜闻小脚之臭，赞成妇女缠足，更是遭到世人诟病的地方。他也不在乎，还演讲宣扬小脚之美，说写不出文章，一捏小脚，灵感就来了，令人哭笑不得。不仅如此，他还公开主张纳妾，说妾是立和女两字组成，如椅子靠背一样，是让人休息的，所以，要娶姨太太的道理就在这里，完全是一个强词夺理的封建老朽形象。一位外国太太反对他赞成纳妾的主张，问他，既然你辜先生认为一个男人，可以娶四个太太，那么一个女人，是不是也可以有四个丈夫呢？这个拖小辫子的老头子对她说，尊敬的夫人，只有一个茶壶配四个茶杯，没有一个茶杯配四个茶壶的道理。

诸如此类的奇谈怪论，不一而足的荒谬行径，连他自己都承认是 Crazy Ku（辜疯子）。这里，固然有他的偏执和激愤，也有他的做作成分和不甘寂寞之心。他的性格，不那么肯安生的，几天不闹出一点新闻，他就坐立不安，说他有表演欲、风头欲，不是过甚之辞。然而，他也不是绝无政治头脑，慈禧做寿，万民颂德，他却指斥"万寿无疆，百姓遭殃"，公开大唱反调；辛亥革命，清帝逊位，他倒留起小辫，拜万寿牌位，做铁杆保皇党。袁贼称帝，势倾天下，他敢骂之为贼种，并在当时的西文报纸上著文批袁；张勋复辟，人皆责之，他倒去当了两天外务部短命的官。后来，辫帅失意，闭门索居，他与之过从甚密，相濡以沫，还送去一副"荷尽已无擎雨盖，菊残犹有傲霜枝"的对联，以共有那"傲霜枝"的猪尾巴为荣。五四运动，社会进步，他又和林琴南等一起，成为反对新文化、反对白话文的急先锋，但是他却应蔡元培之邀，到"五四"发源地的北大去当教授，讲英国诗，鼓吹文艺复兴。北洋政府因蔡元培支持学生，要驱赶这位大学校长时，他支持正义，领头签名。他反对安福国会贿选，却拿政客的大洋，可钱到了手，跑到前门八大胡同逛窑子。那些窑姐来了，一人给一块大洋，打发了事，但妓女送给他的手绢，却收集起来，视若珍藏。

正是这些哗众取宠之处，使辜鸿铭成为人所共知的一个怪人。当时人和后来人所看到的，全是他的这些虚炫的表象。一叶障目，而对他的中外文化的学识，他的弘扬中国文化的努力，他在世界文化界的影响全给抹杀掉了。1896年，湖广总督张之洞六十岁寿辰，祝贺客人中有一位进士出身，誉称为"中国大儒"的沈曾植，作为张的幕僚，自然要应酬接待，尽主东之仪。在席中，辜鸿铭高谈阔论东方文化之长，大张挞伐西方文化之弊，他发现自己讲了许多许多以后，却不见这位贵宾张嘴说过一句话，无任何反应。他不禁奇怪起来，先生为何缄默，不发一言？没料到沈曾植的回答，差点将他噎死。沈说，你讲的话我都懂，可你要听懂我讲的话，还须读二十年中国书。两年以后（请注意"两年"这个时间概念），辜鸿铭听说沈曾植前来拜会张之洞，立即叫手下人将张之洞所收藏的典籍，搬到会客厅里，快堆满一屋。几无站脚之处的沈曾植，问辜鸿铭，这是什么意思？辜鸿铭说，请教沈公，你要我读二十年中国书，我用了两年全读了，现在无妨试一下，哪一部书你能背，我不能背？哪一部书你能懂，我不懂？沈曾植大笑说，这就对了，今后，中国文化的重担，就落在你的肩上啦！

如今，敢有一位中国文人，说出这番豪言壮语否？

当然，辜鸿铭的中国文化一切皆好论，连糟粕也视为精华，成为小脚、辫子、娶姨太太等腐朽事物的拥护者，是不足为训的。在政治上成为保皇党，成为五四运动的反对派，则更是倒行逆施。然而，这位骨格傲岸的老先生，对于洋人，对于洋学问，敢于睥睨一切，敢于分庭抗礼，从他身上看不出一丝奴婢气，这一点，作为一个中国人来说，应是十分要得的。

辑三

艺苑杂谈

▼ ○

桃花潭水

　　"李白乘舟将欲行，忽闻岸上踏歌声。桃花潭水深千尺，不及汪伦送我情。"李白的这首《赠汪伦》诗，因为编进了小学语文课本，在中国大地上，几乎无人不知。但是，要问一下，诗中的这位主人公，他的来龙去脉，他的履历行状，就没人说得上来了。

　　只有一个解释，汪伦是一个普通人。

　　据《李白集校注》，李白在安徽泾县做客期间，还写过《过汪氏别业二首》，据称也作《题泾川汪伦别业二章》。即使这首诗，也找不到有关汪伦的细节介绍。看来，他不是官，若是为官一方，县志会有记载，看来他也不是文人，若舞文弄墨，必有唱和的诗篇留存下来。

　　从汪伦的接待水平，可以想知这位主人，大概比较富有。而且还可以肯定，此人是一个诗歌爱好者，是崇拜李白的"粉丝"。大老远接诗人来家做客，手里没有银子，心里缺乏热情，是办不到的。那时，诗人正周游江浙吴楚，游兴正高，有这样一位既有钞票又有积极性的读者邀请，正合诗人之意，遂前往赴会。

从李白的诗，知道汪家拥有别墅，在泾川的山清水秀处，也有条件邀请李白到他家小住。两人虽然初次见面，"畴昔未识君，知君好贤才"，但一见如故，相知恨晚。因此，诗人与汪伦相当投契。而且，主人家的高规格接待，也让诗人感动。"我来感意气，捣炰列珍馐"，看来，唐朝的"徽菜"，就相当考究了。"炰"是烧烤，李白肯定开怀大嚼，山珍海味，吃得尽兴了。

李白在汪氏别业小憩，吃得固然开心，喝得好像更加开心。从诗句"相过醉金罍""吴箫送琼杯"看，估计这位嗜酒的诗人，对汪家的酒，更情有独钟。诗题下有校者注："白游泾县桃花潭，村人汪伦常酝美酒以待白，伦之裔孙至今宝其诗。"

汪伦善酝，他的家酿美酒，自然是上乘的佳醪，着实令好酒的诗人迷恋陶醉。从两首诗中，"酒酣欲起舞，四座歌相催""酒酣益爽气，为乐不知秋"，两次同用"酒酣"一词，当是诗人手不释杯的结果，老先生喝高了，来不及推敲，才犯了诗家的重复之忌。由此也证明"李白斗酒诗百篇"的那种米酒，在长安酒肆里出售的，由漂亮的胡姬斟进他杯子里的，大概酒精度较低。如果是二锅头那样的烈性酒，一斗下肚，就该学阮步兵，作三月醉了。

但这首李白的诗，却使附丽于诗中的汪伦，与诗一齐不朽。一首好诗，能起到这样的效用，是出乎作者预料的。本是名不见经传的汪伦，本是极一般人的汪伦，却在李白的诗中，从此留下来深情的万世名声。

清人袁枚的《随园诗话》，对汪伦之约，有一段记载："唐时汪伦者，泾川豪士也，闻李白将至，修书迎之，诡云：'先生好游乎？此地有十里桃花。先生好饮乎？此地有万家酒店。'李欣然至。乃告云：'桃花者，潭水名也，并无桃花。万家者，店主人姓万也，并无万家酒店。'李大笑，款留数日。"

我特别欣赏"李大笑"这三个字。

因为今之李白，很难做到大师那样的豁达坦荡。当代作家笔下的贵族化和当代作家精神的贵族化，碰上袁枚所说的汪伦式的这种老百姓玩笑，究竟有多大的承受力，会不会勃然大怒，会不会扭头就走，真是说不好的。

也许因为追求这种贵族化的结果，势必要疏离于那些平常的、平凡的、普普通通的大多数人。同样，这些平常的、平凡的、普普通通的大多数人，不再是文学的忠实读者，也是很正常的现象。

因此，在车载斗量的当代作品中，要想读到李白这样情真意挚的表现普通人的诗篇，恐怕是很不容易的了。

▼○

红杏出墙来

江南的早春季节，最能想起来的，便是这首小诗了。"应怜屐齿印苍苔，小扣柴扉久不开。春色满园关不住，一枝红杏出墙来。"一枝绽放的红杏，浥着朝露，从墙里伸展到墙外，在那静静的小村里，在那幽幽的小巷里，可以想象那是多么优美的情景了。

"红杏出墙"，后来被作为妻室外遇的隐喻词，倒是这首诗的作者、南宋诗人叶绍翁始料未及的。他去探望朋友，未果，那枝开到园外的红杏，正是满园春色关不住的写照，也许这给他留下深刻印象，遂有了这首极精致的小诗。

我想，他在写作这首《游园不值》诗时，肯定想起来前辈陆游的那首《马上作》："平明小陌雨初收，淡日穿云翠霭浮。杨柳不遮春色断，一枝红杏出墙头。"

两首诗的结束句，何其相似乃尔，显然叶诗由陆诗脱胎而来。南宋大诗人陆游健在的时候，就享有盛誉，拥有盛名，亲自编校自己的作品九百首，生前就出版问世了。因此，他的诗集，影响极大，传播极广，其人其文，广为人知。叶绍翁为南宋中期诗人，并非很有名气，连生卒年都无记载。作为后进，作为晚辈，从老先生写的那首诗里，得到悟解，受到启示，产生创意，大有可能。

　　从这件事中可以看到：一、叶借用前人的诗意，写自己的诗，借得坦然；二、当时的人和后来的人，对这两首颇为相似的诗，并不感到突兀，读得坦然；三、似乎陆游也不觉得这种蹈袭有什么不当的地方，没有发脾气，甚至没有皱眉头，处之坦然。这种相安无事，大概就是大师之间的豁达了。应该说，有陆的诗，才有叶的诗，而有了叶的诗，陆的诗也随之光大了。钱钟书先生认为叶的这首诗，要比陆的诗写得更为新警。"新警"一词，比较少用，故而眼生，乃"清新精辟"之意，褒其有后来居上之势耳。千百年来，这两首"红杏出墙"，挂在人们嘴边，遂成诗人之间的传承韵事。

　　唐代李白，是个天性狂放的诗人，他很少敬服谁，独对南朝齐代的谢朓表现出始终如一的尊崇。李有一首《金陵城西楼月下吟》，其中的"解道澄江静如练，令人长忆谢玄晖"句，甚至将谢朓诗《晚登三山还望京邑》中"余霞散成绮，澄江静如练"嵌入自己的诗中。清人王士禛说他"一生低首谢宣城"是说到了点子上的。这种既是认同，又是共鸣，也是时空转换中艺术生命力的延续、张扬和创新的笔法，可以视作大师对大师，一种心灵上的折服。只有小师对小师，才鸡一嘴，鸭一嘴，互不服气地在比高低，脸红脖子粗地斤斤计较。

在文学世界中，无心的雷同，有意的借鉴，不幸的撞车，难得的巧合是常见常有的事。我想，宽宏一些，谅解一些，大度一些，应是君子之风。你写出了一，人家在你一的基础上写出了二，对于丰富文学的可能性来讲，岂不相得益彰吗？至于拙劣模仿之徒，无耻抄袭之辈，一个赖剽窃为生的文学小偷，那是又当别论的。

鹰飞得再低，它也是属于天空的，鸡蹦得再高，难逃一辈子在后院垃圾堆里觅食的命运。

我赞成这种自信的大家风度，只有那些长于相轻、短于相敬的小文人，才会把自己的与别人的不谋而合、别人与自己的不约而同，当作天大的事，告状之，诉讼之，官司之，判决之。后来我也渐渐明白，越是一瓶子不满、半瓶子晃荡的同行，小本生意，现趸现卖，肚皮瘪瘪，腹中空空，你要抢了个先，他只好喝西北风，难怪是大方不起来的。像陆放翁，一生写诗近万首，如海一般汪洋恣肆，一首半首诗，被年轻人用来再创造，三千弱水，不过取一瓢饮耳。

千古黄鹤在

在中国，凡识得几个汉字的人，无不知道唐代崔颢那首题名《黄鹤楼》的诗。也许全诗记不下来，但打头的这两句，"昔人已乘黄鹤去，此地空余黄鹤楼"，总是能挂在嘴边的。

正因为这首写黄鹤楼的诗，实在太家喻户晓，太脍炙人口，结果，反宾为主，主次颠倒，倒不是这首诗，因楼而名，而成了这座楼，因诗而存。

想到这里，也很为文人手中的那支笔，能起到这么大作用而感到骄傲。在中国历史上的文人，地位很不高，"九儒十丐"，与讨饭花子名列排行榜之尾，让人很不提气。可诗人崔颢的这首诗，却能够使黄鹤楼屹立于武汉三镇。虽然这中间，几度沧桑，多次兴废，还休要看不起文人，正是这诗，才使黄鹤楼千年不倒。

诗只八句，其实好读好记，"昔人已乘黄鹤去，此地空余黄鹤楼。黄鹤一去不复返，白云千载空悠悠。晴川历历汉阳树，芳草萋萋鹦鹉洲。日暮乡关何处是，烟波江上使人愁"。清人沈德潜编《唐诗别裁》，对这首诗评价极高："意得象先，神行语外，纵笔写去，遂擅千古之奇。"宋人严羽在《沧浪诗话》中，则誉之曰："唐人七言律诗，当以崔颢《黄鹤楼》为第一。"千古传诵，深入人心，以致人们能够习惯鹤去楼空的怅惘，而绝不能承受诗存楼无的遗憾。

二十世纪五十年代，新中国成立初期，修建武汉长江第一桥的时候，嫌蛇山的原黄鹤楼碍事，拆了。在很长的一段岁月中，武汉有黄鹤楼之名，而无黄鹤楼之实。拆楼以后，由于这样或那样的原因，并没有动手重建，一直拖着，没有说修，但也从来没有人敢说一声从此不修黄鹤楼。

最后，到底将楼修了起来，而且修得更堂皇。现在这座巍峨的仿古建筑，是二十世纪八十年代重建起来的，成为武汉三镇一个亮丽的景点，一个标志性建筑物。

在促成这座名楼再现武汉三镇的诸多因素当中，应该看到，崔颢的诗，是起到了定盘星的作用。诗在，则楼必存。

文学，虽说是很小儿科的东西，但有时候，秤砣虽小，力拨千斤。

这首诗，即使在唐代，崔颢刚一落笔，不胫而走，很快就遐迩闻名，广为人知。据元人辛文房《唐才子传》，写过"故人西辞黄鹤楼，烟花三月下扬州"的大诗人李白，登黄鹤楼后，突然涌上来赋诗一首的欲望，但见了崔先生的这篇作品之后，马上打消了这个念头。这就是李白的清醒了。他不像时下某些文人，尽管写得十分狗屎，长篇不能卒读，短篇令人反胃，散文味同嚼蜡，评论满纸胡言，文集厚如城砖，都是只堪垫脚、不配枕头的垃圾书籍。

但这些名流大佬，自我感觉之良好，大言不惭之厚颜，也真是聪明过了头以后，剩下的只有糊涂了。李大诗人虽是一个狂得"天子呼来不上船"的主，但他承认人家写得好，叹了口气，说道："眼前有景道不出，崔颢题诗在上头。"然后向后转，退出这场竞赛。

但是，崔颢的诗，让李白十分赞赏的同时，也启发了他的诗兴，当然也不排除有一点较劲的意思，这位唐代第一诗人，先后套崔先生的诗路，写过两首诗。第一首为约作于公元748年（天宝七载）的《登金陵凤凰台》："凤凰台上凤凰游，凤去台空江自流。吴宫花草埋幽径，晋代衣冠成古丘。三山半落青天外，二水中分白鹭洲。总为浮云能蔽日，长安不见使人愁。"意犹未尽的李白，公元760年（上元元年），滞留江夏期间，又作了一首《鹦鹉洲》："鹦鹉来过吴江水，江上洲传鹦鹉名。鹦鹉西飞陇山去，芳洲之树何青青。烟开兰叶香风暖，岸夹桃花锦浪生。迁客此时徒极目，长洲孤月向谁明？"

大家巨匠不害怕重复别人，即使仿作，摹描的痕迹仍在，但却因自己的才气，而能写出与崔作功力相敌、未易甲乙的佳构。尽管如此，李白的这两首力作，终究压不倒崔颢之绝唱。由此可见，崔颢的《黄鹤楼》，无论在当世，还是在后代，那在文学史上的不朽价值，是不由分说的，是毋庸置疑的，这才叫真正的传世。

要没有崔颢的诗，对不起，这座楼恐怕早就完了。

我们记得，在不破不立、破字当头的年代里，曾经是世界古城中保留最完好的北京城墙，说拆不就拆了嘛！然而，二十世纪五十年代决定拆掉这座楼来修大桥的时候，许诺过，规划过，说好了将来要修的，表明了这座楼的非同小可。之所以如此重要，我想，不在于它的建筑学上的价值，说到底，是与崔颢这首诗有着莫大关联的。

一首不朽的诗，使一座建筑物安然无恙地流传千古，哪怕拆了还得再建，证明了文学在人们心目中的影响。同样的例子，我们还可以找到，八十年代的江西南昌，终于把烧毁了数百年的滕王阁重新建造了起来，那还不是因为初唐四杰之一王勃的文章吗？如果不是"落霞与孤鹜齐飞，秋水共长天一色"的《滕王阁序》，我想南昌人不会兴致勃勃地在旧址荡平夷灭、历史湮没无考的情况下，重建一座滕王阁。其实，滕王阁与滕王已无任何瓜葛，滕王何许人也，很少有人说得上来，不过借其名而已。

这个新建的滕王阁，不过是王勃阁罢了。他写过的"海内存知己，天涯若比邻"，曾经唱遍中华大地。他的《滕王阁序》，能朗朗地背诵出来者，至今不在少数。文人在历代统治者的眼中，确实是无足轻重的蝼蚁之辈，但他们的笔墨，却具有历代统治者所无法撼动的永恒价值。文人的生命力，大多数时间内，都是很不经折腾的，你不让他死，只消你把刀举得高高的，还未落到他的脖子上，他可能就先吓死了。可文学的生命力，却是白居易那首诗里所写的："离离原上草，一岁一枯荣。野火烧不尽，春风吹又生。"

因此，黄鹤楼，很大程度上是由于崔颢的诗而名。滕王阁，由于王勃的美文而耳熟能详。岳阳楼，因为范仲淹"先天下之忧而忧，后天下之乐而乐"的《岳阳楼记》而闻名遐迩。醉翁亭，经欧阳修的"环滁皆山也"的《醉翁亭记》一文鼓吹，成为著名景点。"人道是三国周郎赤壁"的古战场也因苏东坡的词与文，而被赋予了令人陶醉的色彩。至于杭州西湖里的翠堤春晓一景，只是经做过太守的苏东坡和白居易二位诗人所建筑，而具有了特殊的文化韵味。"东坡原是西湖长"，他生活过的颍州西湖、杭州西湖、惠州西湖，如今都是游览胜地。所以说，文人笔下的山水，其实倒是对文人最好的纪念。他们的笔墨，一旦与风光糅合到一起，成为名胜佳迹，便是永远也抹杀不掉的存在。

由此想到，对于文化名人的最好纪念，倒是应该在他们与山水的关系上做做文章的。

近年来，故居热十分流行，将死去的名人和活着的名人，曾经居住过的房屋保留起来，曾经使用过的器物收集起来，曾经书写过的原稿珍藏起来，其好意当然值得肯定。但一旦热情过度，缺乏节制，不加遴选，标准不一的话，将名人扩大化，扩大到阿猫阿狗，便有泛滥成灾的可能。令人深感不安的是，一些当代文人，包括活着的和死去的，也热衷斯道，自己张罗，别人张罗，单位张罗，后代张罗，也教人大摇其头。

如果因保存一处现在被认为是名人，若干年后也许并不一定还是名人的房屋，对住房相对紧张的中国老百姓来说，成为不胜其烦的负担的话，后人会不禁要问，有这个必要吗？而反观凑这份热闹的中国文人，才死了几天啊，尸骨未寒，他们的尊姓大名，已经被人忘得干干净净，他们写的东西，早就成了明日黄花。就算留他的故居在，留他的手稿在，留他写作时用的钢笔、铅笔、圆珠笔在，留他那些早就该化成纸浆的作品在，可纪念馆门可罗雀，展览室蛛网扃户，岂非莫大的讽刺？

我们知道，王维的应在陕西蓝田的辋川别墅群，白居易在洛阳履道里的大宅子，司空图在中条山王官谷隐居的休休亭，用今天的观点看，绝对算得上是货真价实的名人故居。但时光无情，千年以后，除了成都的杜甫草堂尚能附会存在外，其他的早已夷为平地，一点遗迹都找不到了。

其实，宋代著名女诗人李清照的老爹李格非，早看透了这一点。他在《书洛阳名园记后》，从战乱这个角度论说故居之未可长久："唐贞观、开元年间，公卿贵戚，开馆列第于东都者，号千有余邸，及其离乱，继以五季之酷，其池塘竹树，兵车蹂践，废而为丘墟。高亭大榭，烟火焚燎，化而为灰烬。"

即或不发生类似状况，建筑物的存世期限，总是有限的。说到底，还是山水风光更长久些。对于名人来说，死者已矣，健在的若是想留名，还是学一学崔颢，写出一首《黄鹤楼》来，那才是真正的永恒呢！

▼○

清明上河图

　　每逢清明，就会想到杜牧在安徽池州写的诗。"清明时节雨纷纷，路上行人欲断魂。借问酒家何处有？牧童遥指杏花村。"据说，此诗一出，全国范围内，至少有好几个名叫"杏花村"的地方，声称杜牧所写的，即是他们的村子。其实，这首诗是否为杜牧所写，学界尚存疑问，不过，大家都来认领这首诗，除了商业和旅游的考虑外，也是因为这首平白如话的诗，实在是好，好在内涵隽永，好在韵味悠长，好在末句的"牧童遥指"，给读者以很大的想象空间。正因为是好诗，才会千古流传，脍炙人口，正因为是好诗，才争着抢着，为乡土增光吧？

　　写清明的诗很多，写清明的好诗也很多。但是，画清明的画很少，而像北宋时期张择端的《清明上河图》那样宏大题材的作品，只此一幅，绝无仅有，那就更属难能可贵，因此，人们在清明时节，很容易想起来杜牧的这首清明诗，却很少想到珍藏在北京故宫博物院的张择端的这幅清明画。这幅画和这首诗，同写清明时节，清冷与火热，沉重与喧嚣，抑郁与亢奋，低调与昂扬，给人留下的感受，绝对是截然不同的。

也许因为所有写清明的诗，由于寒食的缘故，由于祭扫的缘故，更由于暮春天气乍暖还寒的缘故，诗人的笔下，难免要流露出淡淡的哀愁、浅浅的伤感，这就是"路上行人欲断魂"的精神状态了。然而有可能一睹这幅以北宋首都汴梁为背景的《清明上河图》，那就是另外一种极阳光、极欢畅的清明，不但绝不会"断魂"，而且会全身心被吸引到这个宋代的开封城里，投入简直是"嘉年华"式的节日盛会中来。诗和画，同为清明，冷和热，却生出不一样的感情，这大概就是艺术的魅力了。

画卷长5米，高0.24米，现藏北京故宫博物院，为稀世珍本。画家积十年之功，以高度的艺术概括力，将这座经济发达、物阜民丰、江山鼎盛、繁花似锦的北宋首善之区，全盘烘托在你眼前。其构图之错落有致，布局之疏密得当，画面之复杂变化，场景之更迭自如，让你目不暇接，让你赞叹不已。画家张择端，我们只知道他曾供职于翰林图画院，字正道，为东武（今山东诸城）人，至于其他行状，则一无所知。然而他的这幅画，早已使他不朽于千秋万代。

最可敬者，张择端作为皇家画师，却将目光落在时值清明的开封街头，跳出宫廷的繁文缛礼，走进市民的平凡世界，不能不说是一种别具慧眼的革新创举。他以众多人物为主线，以城市生活为脚本，以河流船舶、路桥车轿、集市游人、商铺摊贩、茶楼酒馆、当铺作坊、居房院落、林木花草为背景，将骑马、坐轿、挑担、赶驴的各色人等，卖茶、沽酒、算命、打卦的三教九流，组合成这样一幅内容丰富、规模宏大、形态逼真、场面壮观的史诗画面。

顺着这幅画的卷轴打开，从春日的郊区景象，到繁忙的汴河码头，再到热闹的市区街坊，一路上，我们不但可以听到船工和纤夫奋战激流的呼喊声，骡马和骆驼行走在街市的嘚嘚声，还可以听到商贩和店里传出来的叫卖声，饭店和酒铺里猜三划五、掷色饮酒的吆喝声；我们不但可以看到行人和看热闹者的交头接耳，探亲访友和走亲串戚的男女老少，还可以看到驮炭毛驴和行脚僧人匆忙走过酒肆、脚店、肉铺、茶坊的情景。因此，这幅画的历史价值，就在于它为后人提供了一千年前中国社会生活的生动写照。无论在中国，还是世界的绘画史上，都属于独一无二的珍品。

宋朝的开封老百姓，是怎么过日子的？我们可以从宋朝孟元老的《东京梦华录》、明朝李濂的《汴京遗迹志》书中略知一二，但文字记载远不及张择端的这幅画为你所提供的直观形象。多亏了这位画家，使我们得以目睹十一世纪至十二世纪北宋鼎盛时期的东都汴梁的面貌，这也是最鲜活、最灵动、最真实的蒙太奇画面。于是让我们领教当时的世界级大城市，人口破100万的开封城，是如何富庶、繁华、发达和文明。

文学艺术的目的性，从来就有"为大我"和"为小我"（或"为自我"）之区分。虽然，"为大我"和"为小我"并无高低贵贱之别，但"为大我"者，通常先着眼于时代的沧桑变化、人生的复杂多端、社会的诡谲难测、世界的进展退化，然后才是自己的喜怒哀乐。而"为小我"者，总是先考虑到个人的悲欢离合，或一部分人的爱爱仇仇，然后，才会涉及身外事务。由于主次的差异、用力的轻重、视野的阔窄、追求的不一，"为大我"者的时空观念比较开阔宏大，唯其开阔宏大，所以能够登高望远，唯其登高望远，所以能够继往开来。因此，"为大我"者的作品总是会给人们带来灵魂上的震撼。"为大我"者的这种大气、豪气、勇气和朝气，是"为小我"者所不具备的。同样，"为小我"者的精致、精细、精美和精巧，通常都能给我们带来情感上的共鸣，这些地方也容易成为"为大我"者顾及不到、推敲不够的薄弱环节。

《清明上河图》则是全璧式的作品，它既是全景式的大制作、大场面，是具有史诗气魄的宏伟之作，又是在细部上精心雕琢，细节上力求真实，细枝末节上不遗余力，是一部达到尽善尽美的作品。据百度百科引齐藤谦《拙堂文存》统计，《清明上河图》中共有各色人物1659人，动物209头（只），比古典小说《三国演义》的1195人、《红楼梦》的975人、《水浒传》的785人，要多得多。而且，无不栩栩如生，悉皆惟妙惟肖。所以，千百年来，一直被国人视为中华文化的瑰宝。

杜牧的《清明》诗，其优雅优美，其感伤感动，固然是文学不可或缺的一部分；不过，张择端的《清明上河图》，其强烈的时代感，其深厚的历史感，则更为这个具有几千年文化底蕴的古老中国所需要。应该说，一个国家、一个民族，从文学史的角度衡量，总是花花草草，而无干城梁栋；总是浅吟低唱，而无黄钟大吕；总是鸡毛蒜皮，而无怒发冲冠；总是卿卿我我，而无家国良知，那后果恐怕真是值得担忧的了。

▼○

元日诗

　　每逢农历岁末年初，冬去春来，旧时的中国文人总是要写上几首应景的诗，已成惯例。说得好听些，是风雅，说得刻薄些，是毛病。因为只要写了，必定拿出来，名曰献芹，实为邀好，那是令对方很尴尬的事。说好吧，真不好，说坏吧，又怕他脸上挂不住。因为这类应景诗，几百几千年写下来，成千上万人写下来，很难突破，很难创新。这种游名胜必题诗，逢年节必凑句，只是属于文人恶习而已。所以，历代的各种诗选，如《唐诗三百首》，如《千家诗》，如《唐诗别裁》，如《宋诗别裁》，基本上是看不大到这类诗作的。

　　但是，一定要在这样一个很难出彩、很难超越的领域里找出一位写应景诗的出色人物，那么，非北宋诗人王安石莫属。

对稍知一些旧体诗的当代读者来说，在这个年头岁尾、欲暖还寒、除旧布新、一元复始的时候，若是脑海里忽然涌上来一点诗意、诗兴，或者诗情，斯时斯刻，我想王安石的《元日》诗，必是首选。

　　爆竹声中一岁除，春风送暖入屠苏。千门万户瞳瞳日，总把新桃换旧符。

旧时的诗人，不知写了多少有关大年初一的诗，没有一首能比得上王安石的《元日》影响大、传播广。因为这首极凡俗，然而极质朴的诗句中，所表达出来的节日气氛，其兴高采烈，其欢乐热闹，可以说洋溢到纸面以外。虽然那是北宋时期的元日，却让你感受到如同当下的阳历元旦、农历春节，挤在一月份，假日接着假日，快乐加上快乐的过年气氛，是同样的。老百姓过年，要求并不高，第一国泰，第二民安，第三有吃有喝，第四有玩有乐，也就足够足够了。我们知道宋朝王安石所生活的仁宗朝、英宗朝、神宗朝，是个经济发达、商贸繁荣、日子好过、社会富裕的时代，稍晚一点出现的名画《清明上河图》，就生动形象地记录下一直延续到哲宗朝、徽宗朝，经历了数百年太平的开封景象。

时代出文学，什么时代出什么文学。王安石笔下的这首元日诗，肯定是因为一个街道、一个社区、一个会集，或者一个市中心，大家共同享受着的这样快乐日子所产生的热情、激动、兴奋、欢悦，使他心生感触，使他诗意盎然，才有这样脱口而出的四句诗。无妨设想一下，假如你也置身其中，那爆竹的噼啪响声，那屠苏的沁人芳香，那日光的眩目亮度，那春风的无比温馨，给你以听觉、嗅觉、视觉、触觉的全面冲击，新年伊始的这种新气象，你肯定会生出一种焕然一新的感受，你也会浮想联翩，说不定你也要写首诗的。

王安石这四句诗，其厉害高明之处，就是他抓住了这个整体感觉。中国诗人通常只关注自己，不大关注群体，只关注个人的喜怒哀乐，不大关注百姓的悲欢离合。虽然只有短短四句，如此简洁，又如此完美；如此平易，又如此震撼，把热火朝天的元日景象，而且是大家的共同感觉，用点睛之笔烘托出来，这就是大师的艺术魅力了。

所以，时至今日，在写每年头一天的应景诗上，王安石的《元日》诗，是魁首之作，谁也超不过。

▼ ○

明月几时有

中国文人写中秋的诗词很多，最脍炙人口的莫过于苏轼的《水调歌头》。宋人胡仔对其评价极高，认为："中秋词自东坡《水调歌头》一出，余词尽废。"(《苕溪渔隐丛话》)

胡仔为南宋诗评家，生于北宋，对苏轼坎坷一生，要比后人了解得具体而且深刻，因而话说得有点偏袒，不免抬爱。但细细琢磨胡仔的说法不无道理，因为在中国人的脑海里，不假思索，就能脱口而出的写中秋的旧诗词，除了苏轼这一首外，再无其他。也许冯梦龙那为人熟知的"人逢喜事精神爽，月到中秋分外明"两句，有时被人提及。但是，冯梦龙的这两句，前是什么，后是什么，很少有人能说得上来。

苏轼的这首《水调歌头》之传诵千古，之常读常新，其出类拔萃之处，就在于古往今来的中秋诗词，无不着意于月，诸如月之明洁，月之圆润，月之光亮，以及月之神话吴刚伐桂，嫦娥奔月，总是要涉及的。而苏轼的中秋诗，开篇之始，横空出世，就是他老人家持杯望月，疑问连连。"明月几时有？把酒问青天。"突出表明主角是他自己。然后，由人及月，由月及人，他的心境，他的感慨，他的忧郁，他的期待，通篇一气呵成，全在这首词中表达出来。"不知天上宫阙，今夕是何年"，我们读到他的神往和憧憬；"起舞弄清影，何似在人间"，我们读到他的遐思和凝想；"不应有恨，何事长向别时圆"，我们读到他的遗憾，他的悲叹；"人有悲欢离合，月有阴晴圆缺"，我们读到他的自慰，他的宽解；"此事古难全"，更读到他的展望，他的愿景；最后的"但愿人长久，千里共婵娟"，让我们读到他的登高望远的乐观主义精神。

好诗，从来是心灵里流出来的歌，他在词前写道："丙辰中秋，欢饮达旦，大醉。"可见酒喝得高了些以后的他，更接近于真实的本我。因此，一字一句，掷地有声，无不扣动心弦，一觞一韵，余音缭绕，无不引发共鸣。诗意游走于天上人间之中，才情穿越于时空环境之外。因其率真和率直，后世读者，无不从中读出了自己的心得体会。所以，千百年来，提到苏词，大师的这首《水调歌头》"明月几时有"与《念奴娇》"大江东去"，被视为代表作，成为中国文学的瑰宝。

《水调歌头》，不长，可也不短，但大多数中国人，稍读过几年书者，皆可脱口而出。尤其那句"我欲乘风归去，又恐琼楼玉宇，高处不胜寒"，几乎成为身处高位者的自警语。苏东坡的名句，能如此挂在人们的嘴边，成为惯用语，成为口头禅，成为中国人话语的一部分，在中国文学史上，是罕见的现象。相比时下，那些挂着作家牌子，而不知其写过些什么作品的人，那些打着名作家旗号，却不知其写过什么名作品的人，人还活着，书早死去，能像苏轼的这首《水调歌头》，为古往今来的中国人耳熟能详，达到真正不朽者，可谓绝无仅有。

八月十五月儿圆，这一个"圆"字，在中华儿女的心目中，其衍生出来的"团圆"和"圆满"之意，其重要性不亚于一年的最后一天，那大年三十的合家之欢。如果说，除夕的圆，是物质的圆，那么，中秋的圆，就是精神的圆了。所以，苏轼的这首《水调歌头》，开头就端起酒杯问青天，"明月几时有？"这就表明了中国人追求精神的圆，有时要胜过在意物质的圆。可是，八月十五这一天，万一云遮月呢，苏轼的词，就为人们所期盼不至的明月，给了一种精神上的化解、情感上的升华。月亮，有时有，有时没有，"此事古难全"。有，固然美，没有，也未必不完美，这就需要坚持"但愿人长久，千里共婵娟"的意志。只要我们有展望明天的信念，有拥抱未来的胸怀，总会等到"团圆"的这一天，"圆满"的这一刻。

这首《水调歌头》之所以深入人心，就是因为它让人们悟到，要站得高些，看得远些，当然还要看得透些，那样，快乐属于你的时候，自由也就属于你了。

春风又绿江南岸

　　每到转过年来，大地春回的季节，往往会想起王安石的这句诗。王安石死距今近千年，千年之后，还有人顺口念出来他的这首诗，这大概是真正不朽了。

　　这首《泊船瓜洲》之所以被人牢记，很大程度上因为其中的这个"绿"字。典出南宋洪迈的《容斋续笔》，卷八《诗词改字》中说："王荆公绝句云：'京口瓜洲一水间，钟山只隔数重山。春风又绿江南岸，明月何时照我还。'吴中士人家藏其草，初云'又到江南岸'，圈去'到'字，注曰'不好'，改为'过'。复圈去而改为'入'，旋改为'满'。凡如是十许字，始定为'绿'。"

　　这则传闻很精彩，全诗二十八个字，用对字，全诗皆活。王安石这种挑来拣去，才定妥了这个极其传神的"绿"的做法，一直视为诗人字斟句酌的范例，作家不惮修改的样板。唐代诗人卢延让《苦吟》曰："吟安一个字，捻断数茎须"，大概就是这个认真精神了。王安石（1021—1086）和洪迈（1123—1202），虽相距百年，但俱为宋人，而且洪迈声称目睹原件，当是确凿无疑的事情。

其实，春风送暖，岸草萌绿，意味着春天的来临，北人和南人的感受不尽相同。冬去春又来，江南水乡的绿，那可是全面的、彻底的；而春来冬不去，华北平原的绿，只可能是依稀的、朦胧的。记得早年间铁路没有提速之前，由北京回上海探亲，列车行驶在北方的原野上，别看已是阳春三月，地里的残雪未化，河里的残冰依旧，仍是一幅残冬的景象。可睡了一觉醒来，到达安徽、江苏境内，车窗外那"杏花春雨江南"景象，一片浓绿，迎面扑来，这时才领略到真正的春天，应该是与这个王安石笔下的"绿"字分不开的。无绿的春天，是寂寥的，有绿的春天，才是充满生机的。王安石这句诗，长江两岸的读者，最能心领神会了。

岭南云南，四季常青，华北东北，春寒料峭，恐怕这些地区的读者，很难想象得出真实的情景。苏东坡有诗云"春江水暖鸭先知"，亲历亲知亲感，是最最重要的。

所以，西长安街红墙外的玉兰花，在枝干上冒出骨朵，然后，小骨朵变大骨朵，这应该说是京城来得最早的春天使者。不过，有点遗憾，休看时令为春，根本谈不上春天的一点意思；甚至玉兰花绽放了，凋谢了，时离五一节也不远了，一眼望去的盎然绿意，对京城人而言，仍是一份奢望。真到了那一天，触目皆绿，绝对便是夏天了。所以说，北京人心目中，初春与残冬，无甚差异。二十世纪二十年代，居住在西城的鲁迅先生，也有这种观感。他在《鸭的喜剧》里这样说过："我可是觉得在北京仿佛没有春和秋。"

明代公安三袁之一的袁中道，对北京城的春天来得奇晚，去得特快也是深有体会的。偶读他的一篇《游高梁桥记》，忍不住笑了起来。这篇记述了他一次失败春游的小品文，也是扫兴在毫无春意的京城春天上。文中所记的同游者，有其兄袁中郎，有一位王子，想必是一位国族贵裔吧。彼时，两兄弟俱未发达。为求发达不得不离乡背井，来到天子脚下，谋职求官。邀王子同游，也许是一种公关活动吧！这就姑且不去深究了。他们春游的目的地，为如今出西直门不远的高梁桥。明代这个地方，与今天不同，"有清水一带，柳色数十里"，甚至还有小舟穿行于莲荷中的。如今，桥已不存，河也湮没，只是作为记住这段历史的一个地名，一个公交站名，还留存着了。

袁小修的文字十分洗练，"于时三月中矣，杨柳尚未抽条，冰微泮，临水坐枯柳下小饮。"接下来，"谈锋甫畅"，自然是谈正题的时候，没想到，"而飓风自北来，尘埃蔽天，对面不见人，中目塞口，嚼之有声。冻枝落，古木号，乱石击。寒气凛冽，相与御貂帽，着重裘以敌之，而犹不能堪，乃急归。已黄昏，狼狈沟渠间，百苦乃得至邸。坐至丙夜，口中含沙尚砾砾"。

这大概是发生在明万历年间的一次强沙尘暴，那时没有风云二号气象卫星，没有晚间新闻后的天气预报，猝不及防的袁中郎、袁中道可被折腾得够呛。事后，他越想越懊恼，不禁牢骚。"今吾无官职，屡求而不获，其效亦可睹矣。而家有产业可以糊口，舍水石花鸟之乐，而奔走烟霾沙尘之乡……"这不是犯傻吗？"噫！江南二三月，草色青青，杂花烂城野，风和日丽，上春已可郊游，何京师之苦至此。"他想起家乡那绿色的春天，对自己忍不住责疑起来："予以问予，予不能解矣。"不过，最后他解开了，作了这篇短文。"然则是游也宜书，书之所以志予之嗜进而无耻，颠倒而无计算也。"

袁中道批判自己"嗜进而无耻"，看出他人格精神的高度；"颠倒而无计算"的自省，说明了同是春天，地分南北，人分你我，在认知上和感受上是存在着差距的。三袁的籍贯为湖北公安，相比王安石诗中的镇江、瓜洲，纬度稍南，北京的"杨柳尚未抽条"，那里早就是春暖花开、莺飞草长的季节了。

清人褚人获的《坚瓠集》中记载了王安石另一次显现其文字功力的故事："世传王介甫咏菊，有'黄昏风雨过园林，残菊飘零满地金'之句，苏子瞻续之云：'秋花不比春花落，凭仗诗人仔细吟。'因得罪介甫，谪子瞻黄州。菊惟黄州落瓣，子瞻见之，始愧服。"也有另外一种说法："后二句诸书又作欧阳公事，介甫闻之，曰：'欧九不学之过也。不见《楚辞》云"夕餐秋菊之落英"乎？'"

野史笔记，不可尽信，但从王安石的这句"春风又绿江南岸"的形象措辞，"菊惟黄州落瓣"的细节真实，以及公安二袁那兄弟俩对于家乡春天与京城春天，共同与不同之处的疏忽来看，无论写文章、做事情，对象，时间，地点，必须首先要弄清楚，搞准确，否则，很可能要出"坐至丙夜，口中含沙尚砾砾"的笑话来的。

▼○

重读《千字文》

《千字文》，现时几乎没有人读了。

旧时学童在私塾里的启蒙课本，一为《百家姓》，一为《三字经》，一为《千字文》，使用了上千年以后，清末开办学堂，寿终正寝，遂被新式教科书代替。清末的初级语文课本，仍具封建时代的色彩，第一课，为"上大人孔乙己"。鲁迅先生后来写小说，还以此为主人公的名字。辛亥革命以后，课本也改革了，第一课，为"人手足刀尺"。

如今，读过"人手足刀尺"者，存世无多，还活着的也应该是耄耋老人了。可这五个最简单的汉字，在二十世纪初叶，与英语字母 ABC 意义相近，有入门、初步、基础、始起的意思。那时的教材编纂者，对入学之初的儿童，着眼于识字，字识得多了，才有词语，才有其他。

而《千字文》，成书时代为南北朝的梁代，编纂方针则完全不同，不光识字，更要明理。用一千个不同的汉字，组成词句和成语，概括中华文化的精髓，负担薪火相传的使命。因此，在字数上有限制，在内容上有要求，这是一本煞费功夫的教科书，难度是很大的。

谓予不信，你不妨试试，任你挑选一千个常用汉字，能将中国数千年来的历史变迁、社会伦常、自然现象、道德修养，统统囊括其中吗？所以，我很钦佩梁武帝时负责编纂此书的周兴嗣，实际用了不足一千汉字，写成这样一篇合辙押韵、朗朗上口的教科书，其包含内容，简直就是一部微缩版的中国百科全书。

自问世以来，它一直被广泛使用，一千多年间，还没有第二个才子尝试另编一本《千字文》。这足以说明其编纂难度以及其权威性质。

周兴嗣为梁武帝萧衍的给事郎，是在宫廷中供帝王顾问的枢密人员。萧衍此人，颇有文才，与沈约、谢朓为"竟陵八友"，在中国皇帝中，称得上是文人者，不多，他就是一位。他将这个编纂任务交给周兴嗣，肯定这位给事郎，才禀优异，学问丰赡，文章卓越，笔力雄健，否则很难得到陛下的赏识。

历史对这位帝王，评价不高，最初当政初期，还算清醒，但中国的长寿帝王，总是逃脱不了走向自己反面的命运。他活了85岁，当国48年，一是信佛佞佛，政治上一塌糊涂，江山日蹙；二是引狼入室，导致侯景之乱，国破人亡。他自己也是围困饿毙于金銮殿上。皇帝活活被饿死的，在中国，独一无二，大概只有他。

不过，他让周兴嗣编这本《千字文》，让学童在启蒙之始，就充分接受中华传统文化的熏陶。这对当时统治着长江以北的大部分地区，少数民族政权所实施的胡服左衽政策下的中国人，起到弘扬正朔意识，坚守华夏文明的进步作用，这个措施，值得称道。

几年前，一家出版社应读者要求，出一套旧时私塾通用的教科书，包括《百家姓》《三字经》，包括四书、《幼学琼林》，要我为《千字文》做一点简短的评注。因此，年逾古稀的我，又像旧时蒙童一样，从头至尾，逐字逐句，把《千字文》啃了一通。其中许多史实，许多典故，许多哲理，许多教诲，重温一遍以后，真是获得很多教益。

因此，我认为，《千字文》是一本很有内容的课本，值得今人一读。

《千字文》一开头，以超然的目光，视向外空，"天地玄黄，宇宙洪荒，日月盈昃，辰宿列张"。然后，以宏大的气势反顾地球，"寒来暑往，秋收冬藏，闰余成岁，律吕调阳"。这八句三十二个字，将日月星辰、天高地广、一年四季、生长规律的物质世界做了相当正确的叙述。一千多年前，中国人对于大自然的认识还相当有限；那时所谓的"士"，也就是知识分子，能有这等科学预知，实在是了不起的。

这其中，"寒来暑往，秋收冬藏"一联，尤足以使上了年纪的人深思。

看似很不经意的时序描写，对农耕社会来讲，季节的变换，农事的忙闲，固然是自然界不能改变的运行规律，可也是人的整个生命周期不可逆转的自然过程。年有四季之别，人有老少之分。人活一辈子，仔细琢磨，存在着春夏秋冬的变化。

春天播种，夏天耕耘，秋天收获，冬天珍藏，这就是说，什么季节做什么事情，是有一定之规的。所以，冬天里一定做春天的事，老年人一定做年轻人的营生，"老夫聊发少年狂"，"聊发"一下两下，当无不可，但不加节制，不知收敛，不识时务，不晓进退，没完没了地发，连滚带爬地发，就该贻笑大方了。

这是《千字文》给我的启示。

"子在川上曰，逝者如斯夫！"春天已是遥远的记忆，夏天和秋天也成为过客，进入冬天的人们，就要好好理解这个"藏"字的含义所在了。到了一把年纪上，什么都应该看淡一点才是，嗜饮者，不宜喝沏得太酽的茶，嗜酒者，不宜品度数特高的老白干，嗜吃者，不宜食大鱼大肉高蛋白高脂肪的菜肴。至于其他精神方面的诸如功名，地位，声色，威权，基本上属于过了当令季节的老韭菜，那味道就不是香，而是臭了。

《千字文》中所说的"高冠陪辇，驱毂振缨，世禄侈富，车驾肥轻"，那是年轻人在意的东西，也是这些正当春天里的他们，所抱有的欲望和目标，奋斗和追求。人到老年，生命的冬季已经来临，就要对这个"藏"字的精神实质好好地加以琢磨了。

面对这样一个老的现实，珍重这样一个老的境界。退出闹市，离开喧哗，求自我之精神完善；回避镜头，减少接触，远尘嚣之纷扰杂沓；一杯清茶，半盏浊酒，得岁月之清雅潇洒；朋友小聚，街头踱步，有知己之相濡以沫；闲来读书，信笔涂鸦，聊补往日疏惰；南腔北调，自唱自娱，健脑以防痴呆；气定神闲，颐然自得，仰看白云苍狗；优哉游哉，得其所哉，安度桑榆晚景。在这个完全属于自己支配的时间里，如《千字文》所言，能够做到"笃初诚美，慎终宜令""坚持雅操"，到达一个"枇杷晚翠"的境界，岂不美乎？

　　这本《千字文》，相对于博大精深的中华文化而言，连入场券的资格也够不上的。但作为启蒙读物，流行了一千五百年，自有其价值在。所以，读过几天旧书，上了点年岁之人，偶尔翻翻这本古老的教科书，也许不无益处的。

▼○

范进不可笑

范进是《儒林外史》中的一个人物，是一个考了大半辈子的科举狂，一直考到头发白了，脊椎驼了，精气神儿也全部丧失尽了，才终于在一个很偶然的机遇之下，得中举人。这个蹉跎考场，经过数十次应试，经过数十次名落孙山之后，已经压根儿不抱希望的他，在获知这个高中的消息以后，高兴过度，疯了。

中学语文课本里，选过吴敬梓这部名著的一节，标题为《范进中举》。

一般来讲，范进是个可笑人物，但其实并不可笑。因为，即使一个神经极其正常的人，经过如此长时期的科举、落榜、再科举、再落榜的熬煎折磨，忽然，一纸大红喜报，在敲锣打鼓声中而来，整个人由碧落而黄泉，又从深渊而云霄的大起大落，不神经错乱，焉有他哉。

　　疯了。怎么办？后来，亏了他老丈人，用那杀猪的手，给了他一巴掌，才清醒过来。现在想想，这个新科举人，手舞足蹈于污泥浊水之中，疯癫谵妄，高喊"中了，中了"，样子确是可笑，实质相当可悲。可是，设身处地，为这个肩不能担担，手不能提篮，识得几个大字，能写"之乎者也"的老童生想，不从二十岁考到五十四岁，还有其他什么更好的出路呢？范进付出了一生为代价，成为科举制度下的牺牲品，想到这里，也许就不觉好笑了。

　　如果他有臂力，很可能当他丈人胡屠夫的助手，杀猪宰牛。如果他有银两，也许会像杜慎卿那样游山玩水，摇船吟诗。如果他脸皮够厚，也无妨冒充一下牛布衣，混口饭吃。他什么都不是，既不具备贾宝玉在大观园内倚红偎翠的物质基础，也不拥有张君瑞在普救寺里风流蕴藉的个人条件。即或如贾宝玉者，虽然他一生反对科举，视功名为禄蠹，可出家前还得中一个举人，才放心去当和尚。张君瑞尽管恋爱谈昏了头，可终于还是要在长亭与崔莺莺分别，上京赶考。范进只有这条科举之路可走，只有考下去，考到老，考到死。

　　除非他像汉朝末年的不第秀才张角，像唐朝末年的落第举子黄巢，去造反，去革命，然而，即使借给范进胆子，他也是不敢的。写这部小说的吴敬梓老先生，也是一生榜上无名，尽管心里不平衡，顶多在书里怨而不怒地宣泄两句，也就如此而已，中国文人的骨头，钙流失得厉害，自己的腰都挺不直，他怎么能让笔下的这个小人物范进揭竿而起，去走陈胜、吴广的路呢？

　　每个人都处于他那个时代格局中，谋生图存，能够冲破限制者是少数，非大智大勇和有大作为者莫能为。一般人，无大本事，无大出息，只能在固化了的框框中讨生活，不敢越雷池一步，也是事实。后代的人是不能以所处的变化了的情势来责备前人没有对邪恶、对压迫、对不正义、对不公平做这样的斗争或那样的抵抗，这类说风凉话的好汉，不过是站着说话不嫌腰疼罢了。

　　所以，范进只好又一次地走进他一再败绩的考场，实际是挺悲壮的行为。他这种一考再考不气馁，一败再败不泄气，说他锲而不舍，其志可嘉，不也可以嘛！总比得意时忘形，失意时诅咒整个世界的患得患失情绪要强得多吧？尤其初见他的宗师时，更能表现出他人格的完整。当他被问道："如何总不进学？"他实实在在地回答："总因童生文字荒谬，所以各位大老爷不曾赏取。"这样敢于坦承自己的不足，比时下一些碰不得的，但写得又并不怎样好的作家有勇得多。范进交了卷就磕头下去了，并未像他同科的魏好古那样狂妄，要求面试，还自吹"童生诗词歌赋都会"。这个范进，不搞那种"务名而不务实"的"杂学"，只是老老实实做学问，行就是行，不行就是不行，在人品文品上又有什么可以挑剔的呢？拿今天的话说，一个人靠自己的作品说话，而不依赖非文学的手段炒作，来猎取名声，范进的这份清醒，不也难能可贵吗？

　　想来想去，除去他得知考中后的一时疯癫失态，出了洋相外，余下的，也就是一个窝囊穷酸的读书人罢了，不怎么好笑。相反，我们常常看到胸无点墨，却装出满腹经纶者，述而不作，大卖其狗皮膏药者，在那里淋漓尽致地指点江山时，倒没有一个人像《皇帝的新衣》里那个小童，看到光屁股人似的笑话一顿。那么绝非草包的范进，主考官看了三遍他的卷子以后，"才晓得是天地间的至文，真乃一字一珠！"还有什么好笑话的呢？比之那些"墙上芦苇，头重脚轻根底浅；山间竹笋，嘴尖皮厚腹中空"之辈，恐怕不是他们笑范进，而是应该范进笑他们了。

范进作为门生，未见他对其宗师周进，多么过分地巴结，不像一些喜欢攀附名流的人那样，爬山虎似的缠绕不放。也没有打着先生或老师的招牌，假传圣旨，招摇撞骗。只不过"独自送三十里之外"，然后站在那里，"直望着门枪的影子抹过前山，看不见了，方才回到下处"，着重于感情上的知遇之恩。后来他被钦点山东学道，对他老师嘱办的事，挺认真地去做的。虽然这时，他也开始假道学起来，说是吃素，却夹了一个大虾丸子塞进嘴中，那多少也是劣绅浊吏对他腐蚀诱惑的结果，何况当时也没有拒腐防变的教育。虽然也收财物，也打秋风，在那个社会里就是平常事了，当他未完成宗师任务时，仍旧一副坐立不安的样子，连吴敬梓的笔下，也承认这个范学道是老实人的。

可笑的倒是他那杀猪的丈人，往日经常是"一顿夹七夹八，骂得范进摸门不得"。一旦中举后，"见女婿衣裳后襟滚皱了许多，一路低着头替他扯了几十回"，前倨后恭，是个十分势利眼的小人。这个凶神恶煞般的胡屠户，肯定是使他心理处于长久的抑郁状态的主要因素，一朝得到爆发，便只有神经错乱一通了。撇开可能是他家族病史方面的考虑，因为他母亲最后也是死于过度兴奋的歇斯底里之中，略去这个遗传基因不计。一个经历了二十几次考场中名落孙山的沮丧、刺激、失败、白眼的弱者，突然于绝望的黑暗中，看到了一线曙光，得到他追求一生的东西，我想，他不疯才怪。

其实，在任何人的一生中，谁不曾在心灵上经受过成败得失的冲击呢？至多程度不同而已。以己度人，那个欢喜疯了的范进，"一脚踹在塘里，挣起来，头发都跌散了，两手黄泥，淋淋漓漓一身的水"，固然可笑，可更多的是可悲，难道不值得同情吗？

范进中举了，至少在书中看到的他，尚未一阔脸就变，这就差强人意。将来会不会变，那是难以预卜的一回事了。不过，看他对老丈人那留下千古话柄的一巴掌，未加计较，更没有秋后算账，这心胸就算可以了。

而且，范进得意以后，虽然田产、钱米、奴仆、丫鬟，一应俱全，唱戏、摆酒、请客、摆谱也都学会。可看他对发妻的态度，也还说得过去，既没有嫌弃糟糠之意，也无另结新欢的行径。这在旧社会里，本是顺理成章、不以为奇的事情，范进不但不风流，倒规规矩矩地把人家送给他的"雪白的细丝锭子"，赶紧一封一封地交给娘子胡氏保管，这也多少能看到他本质上的良善之处了。

所以，第一，他是个普通人；第二，"从二十几岁考到五十四岁"，太多的碰得头破血流的教训，使他明白生活的艰难；第三，至于他将来，能否做一个太好的官，也别对他抱有指望，但如果做坏官，谅他也坏不到哪里去。生就的骨头长就的肉，因为一个积弱的人，要强不易，要坏也难。但他确实不可笑，这是真的。不信，你再翻翻这一段《儒林外史》。

　　总之，不要嘲笑弱者，这是最起码的为人之道。

▼○

读《陋室铭》

近年来，散文大见发达，在读者中受欢迎，在市场上有销路，也算是一种古风的复归吧。

其实，中国是散文大国，汉魏以来，迄至明清，有别于诗赋的散文文体，蔚然为文学的主流。例如唐宋八大家诗歌的成就，固然千古吟唱，家弦户诵，但他们更以著作论述的笔墨，在文学史上占得一席荣耀的位置。一般提到韩、柳、欧、苏，都是先想到他们的文章，然后才是他们的诗篇，这就足以说明散文在中国文学中的分量。

刘禹锡以诗名噪世，诸如"旧时王谢堂前燕，飞入寻常百姓家""东边日出西边雨，道是无情却有情""沉舟侧畔千帆过，病树前头万木春"等等名句，直到今天，犹传唱不已。

他有一篇不足百字的散文，题曰《陋室铭》。如果在中国文学史上选一篇极短而且绝佳的散文，这篇是毫无疑义的上上之作。因为在中国人的文学欣赏习惯中，文有诗情，诗有文心，那就益发完美了。故而称《史记》为"无韵之《离骚》"，即此谓也。这篇《陋室铭》，其实也是一首音韵铿锵、格律朴质的古诗：

山不在高，有仙则名。水不在深，有龙则灵。斯为陋室，惟吾德馨。苔痕上阶绿，草色入帘青。谈笑有鸿儒，往来无白丁。可以调素琴，阅金经。无丝竹之乱耳，无案牍之劳形。南阳诸葛庐，西蜀子云亭，孔子云："何陋之有？"

据说，有人考据并不是刘禹锡的作品，但不论是谁写的，能用八九十个字，写出这番精粹至极、凝练至极、余味无穷至极的意境，是不由人不折服至极的。

因为收入清代广泛流通的读物《古文观止》的缘故，《陋室铭》脍炙人口数百年。特别是最后一句，不知鼓舞了多少住不上像样房舍的知识分子，涌上来一种清高自重、雅洁自珍，不为室陋而自惭形秽，相反，倒为自己的高尚情操而自豪。

散文与诗一样，易写难工。写散文的作者很多，能写出好散文的作者甚少。像《陋室铭》这样谈精神与物质关系的内容，或者还可以引申为物质变精神，精神变物质的主、客观世界辩证关系的内容，放在别的作家手里，绝不是能用这八十一个字完美地表现出来的。

散文这种文体，虽然有一个"散"字在，然而却并不意味着这个"散"就是"散漫""散乱"，或是"松散"的意思。在写作散文的过程中，需要铺陈，更需要缩略；需要丰满，更需要删削；需要感情奔放，更需要字斟句酌。所以，散文写作中的优选萃取能力，最能表现作者的水平所在。

放比收要容易，简比繁更困难，像《陋室铭》这样言简意赅，并不干瘪，还具有文采；思路明确，论点直截，但耐人回味；情景交融，盎然有趣，若身临其境；远有榜样，近有自勉，具乐观精神；不足百字之文，从室陋与德馨的统一，写出知识分子"淡泊以明志，宁静以致远"的性情，甘于清贫、甘于寂寞、逃避庸俗、追求自我完善的心态，实在是一篇难得的极品散文。

古今文章，谈物质与精神，谈欲望和修养，谈消费意识和道德操守，谈名利情结和思想境界，很多很多，但短得如《陋室铭》者却绝无仅有，冲这第一点，值得读。尤其在今天市场经济社会里，还具有相当的现实意义，冲这第二点，就更值得读了。若是大家抱定室可以陋，德却必须馨的宗旨，这世界一定会少却不少烦恼。